Bianca

UNA NOCHE
CON EL ENEMIGO
Sarah Morgan

Editado por Harlequin Ibérica.
Una división de HarperCollins Ibérica, S.A.
Núñez de Balboa, 56
28001 Madrid

© 2012 Sarah Morgan
© 2019 Harlequin Ibérica, una división de HarperCollins Ibérica, S.A.
Una noche con el enemigo, n.º 2728 - 18.9.19
Título original: The Forbidden Ferrara
Publicada originalmente por Harlequin Enterprises, Ltd.
Este título fue publicado originalmente en español en 2012

I.S.B.N.: 978-84-1328-135-3
Depósito legal: M-26407-2019
Impreso en España por: BLACK PRINT
Fecha impresion para Argentina: 16.3.20
Distribuidor exclusivo para España: LOGISTA
Distribuidor para México: Distibuidora Intermex, S.A. de C.V.
Distribuidores para Argentina: Interior, DGP, S.A. Alvarado 2118.
Cap. Fed./Buenos Aires y Gran Buenos Aires, VACCARO HNOS.

Capítulo 1

SE HIZO un silencio de asombro en la mesa de juntas. A Santo Ferrara le hizo gracia la reacción y se reclinó en la silla.

–Estoy seguro de que todos coincidiréis en que es un proyecto emocionante –dijo con tono irónico–. Gracias por vuestra atención.

–Has perdido la cabeza –quien rompió el silencio fue su hermano mayor, Cristiano, que últimamente había cedido algunas responsabilidades en la empresa para pasar más tiempo con su familia–. No puede hacerse.

–¿Porque tú no lo conseguiste? No te culpes. Es muy frecuente que un hombre pierda el olfato cuando está distraído con su mujer y sus hijas –Santo habló con tono simpático. Estaba disfrutando de aquel breve interludio tras unas semanas tan largas y duras.

Y aunque sentía una punzada de envidia por que su hermano tuviera tanto éxito en su vida personal como en los negocios, se dijo a sí mismo que solo era cuestión de tiempo que a él le sucediera lo mismo.

–Es como ver caer a un gran guerrero. No te tortures. Vivir con tres mujeres puede volver a un hombre blando.

Los demás miembros de la junta intercambiaron miradas nerviosas, pero decidieron sabiamente guardar silencio.

Cristiano clavó la mirada en la suya.

–Sigo siendo el presidente del consejo de esta empresa.

–Precisamente por eso. Te has sentado en la fila de atrás mientras cambiabas pañales. Ahora déjanos las buenas ideas a los demás.

Estaba mostrándose deliberadamente combativo y Cristiano se rio sin ganas.

–No voy a negar que tu propuesta es excitante. Puedo ver el potencial empresarial de adaptar el hotel para acomodarlo a un espectro más amplio de deportes que atraigan a la gente joven. Incluso estoy de acuerdo en que expandirnos por la costa oeste de Sicilia sería bueno para conseguir un tipo de turistas más selectivos.

Hizo una pausa y miró fijamente a Santo a los ojos.

–Pero el éxito de tu proyecto radica en que consigas la tierra extra de la familia Baracchi y el viejo Baracchi te dispararía en la cabeza antes de vendértela.

Las bromas bien intencionadas dieron paso a la tensión. Las personas que estaban alrededor de la mesa bajaron la vista. Todo el mundo estaba al tanto de la historia entre las dos familias. Todo Sicilia lo sabía.

–Yo me encargaré de ese problema –afirmó Santo en tono frío.

Cristiano emitió un sonido de impaciencia mientras se levantaba de la silla y se acercaba al inmenso ventanal que daba al Mediterráneo.

–Desde que tomaste las riendas del día a día de la empresa has demostrado mucho. Has hecho cosas que nunca creía que harías –se dio la vuelta–. Pero esto no podrás conseguirlo. Solo conseguirás reavivar la llama de una situación que lleva candente casi tres generaciones. Deberías dejarlo estar.

–Voy a convertir el Ferrara Beach Club en nuestro hotel de más éxito.

–Fracasarás.

Santo sonrió.

–¿Quieres apostar?

Por una vez, su hermano no le devolvió la sonrisa ni recogió el guante del reto.

–Esto va más allá de la rivalidad entre hermanos. No puedes hacerlo.

–Ya ha pasado bastante tiempo como para dejar las ofensas a un lado.

–Eso depende de la gravedad de la ofensa –afirmó Cristiano.

Santo sintió cómo la ira empezaba a bullir en su interior, y junto a ella los oscuros sentimientos que cobraban vida cada vez que se nombraba el apellido Baracchi. Era una reacción visceral, una respuesta condicionada reforzada por toda una vida de animadversión entre ambas familias.

–Yo no soy responsable de lo que le ocurrió al nieto de Baracchi. Tú sabes la verdad.

–Aquí no se trata de la verdad o de la lógica, se trata de la pasión y los prejuicios. Prejuicios muy arraigados. Ya he hecho algunos acercamientos. Le he hecho varias y generosas ofertas. Baracchi preferiría ver a su familia pasar hambre antes que vender su tierra a un Ferrara. Las negociaciones están cerradas.

Santo se puso de pie.

–Entonces es hora de volver a abrirlas.

Uno de los hombres se aclaró la garganta.

–Como vuestro abogado es mi deber advertiros de...

–No me des negativas –Santo levantó la mano para acallar al hombre con los ojos clavados en su hermano–. Así que tu objeción no es hacia el desarrollo comercial, que según has reconocido te parece bien, sino hacia la interacción con la familia Baracchi. ¿Crees que soy un cobarde?

–No, y eso es lo que me preocupa. Tú utilizas la razón y el coraje, pero Baracchi no tiene ninguna de las dos. Eres mi hermano –a Cristiano se le quebró un poco la voz–. Guiseppe Baracchi te odia. Siempre ha sido un viejo irascible. ¿Qué te hace pensar que te escuchará antes de arremeter contra ti con ese temperamento suyo?

–Tal vez sea un viejo irascible, pero también es un viejo irascible con problemas económicos.

–Apuesto a que no son tan graves como para que acepte dinero de un Ferrara. Y los viejos asustados pueden ser peligrosos. Hemos mantenido el hotel ahí porque a mamá le dolería vender el primer hotel de papá, pero he estado hablando con ella hace poco y...

–No vamos a vender. Voy a reformarlo por completo, pero para eso necesito toda la tierra. La bahía entera –Santo percibió la agitación del abogado pero le ignoró–. No quiero solo la tierra para los deportes de agua. Quiero La Cabaña de la Playa. Ese restaurante tiene más clientes que todos nuestros restaurantes del hotel. Los huéspedes se van a comer a La Cabaña de la Playa para ver el atardecer.

–Lo que nos lleva al segundo problema de este ambicioso plan tuyo. El restaurante lo lleva su nieta, una mujer que seguramente te odie más todavía que su abuelo –Cristiano le miró a los ojos–. ¿Cómo crees que se va a tomar Fia la noticia de que quieres hacer una oferta sobre los terrenos?

No tenía que pensarlo. Ya lo sabía. Lucharía contra él con todas sus fuerzas. Se enfrentarían. Los ánimos se caldearían. Y enredada en la tensión del presente estaría el pasado.

No solo la antigua rencilla sobre la tierra, sino su propia historia personal. Porque Santo no había sido completamente sincero con su hermano. En una familia en la que nadie tenía secretos, él tenía uno. Un secreto que había enterrado con la suficiente profundidad como para asegurarse de que no volviera a salir a la luz.

La repentina oleada de oscuros sentimientos le pilló

por sorpresa. Frunció el ceño con gesto impaciente y miró por la ventana hacia la playa que quedaba al otro lado. Pero no vio el mar ni la arena, sino a Fiammetta Baracchi con sus largas piernas y su fuerte temperamento.

Cristiano seguía mirándole.

—Ella te odia.

¿Era odio? Lo cierto era que no habían hablado de sentimientos. No habían hablado de nada. Ni siquiera cuando se arrancaron la ropa el uno al otro y sus cuerpos se buscaron apasionadamente. No habían intercambiado una sola palabra durante aquella salvaje, erótica y descontrolada experiencia.

Y el instinto le decía que ella ocultaba el secreto tan profundamente como él. Y por su parte así iba a seguir. El pasado no tenía cabida en aquella negociación.

—Bajo su dirección, la cabaña ha pasado de unas cuantas mesas en la playa a ser el restaurante de moda en Sicilia. Los rumores dicen que ella es la talentosa chef.

Cristiano sacudió lentamente la cabeza.

—Estás metiéndote en una situación explosiva, Santo. Como mínimo va a ser un desastre.

Carlo, el abogado, dejó caer la cabeza entre las manos.

Santo les ignoró a ambos como ignoró la oleada de calor y los oscuros recuerdos que había despertado.

—Esta rencilla ha durado demasiado. Es hora de seguir adelante.

—No es posible —la voz de Cristiano sonó dura—. El nieto mayor de Guiseppe Baracchi, su único heredero varón, murió al estrellarse contra un árbol con un coche. Tu coche, Santo. ¿Esperas que te estreche la mano y te venda su tierra?

—Guiseppe Baracchi es un hombre de negocios y este acuerdo tiene mucho sentido empresarial.

–¿Vas a contárselo antes o después de que el viejo te dispare?

–No me va a disparar.

–Seguramente no le haga falta –Cristiano sonrió con tristeza–. Conociendo a Fia, ella te disparará primero.

Y eso, pensó Santo sin asomo de emoción, sí que era enteramente posible.

–Este es el último pargo –Fia sacó el pescado de la plancha y lo puso en el plato. El calor del fuego le sonrojó las mejillas–. ¿Y Gina?

–Gina está fuera mirando al conductor del Lamborghini que acaba de aparcar en la puerta del restaurante. Ya sabes que le gustan los hombres de ese tipo. Yo me llevaré esto –Ben agarró los platos–. ¿Qué tal está tu abuelo esta noche?

–Cansado. No es él mismo. Ni siquiera tiene energía para meterse con la gente –Fia pensó en ir a ver cómo estaba cuando volviera a tener una tregua–. ¿Puedes con todo ahí fuera? Dile a Gina que deje a los clientes en paz y trabaje.

–Díselo tú. Yo soy demasiado cobarde –Ben esquivó con pericia a la camarera, que acababa de entrar a toda prisa en la cocina.

–Nunca adivinaríais quién acaba de entrar –comenzó a decir la joven.

Fia le lanzó una mirada a Ben mientras se centraba en la siguiente orden.

–Sirve la comida o se quedará fría, y yo no sirvo comida fría.

Consciente de que Gina estaba temblando de emoción, Fia decidió que sería más rápido y más eficaz dejarla hablar. Añadió sazón y aceite de oliva a unas vieiras frescas y las dejó caer sobre una sartén. Eran tan frescas que solo necesitaban unas gotas del mejor aceite para que saliera todo el sabor.

—Debe de ser alguien muy especial porque nunca te he visto babear tanto, y eso que por aquí han pasado bastantes famosos.

Por lo que a Fia se refería, un cliente era un cliente. Iban allí a comer y su trabajo era alimentarles. Y lo hacía bien. Les dio la vuelta a las vieiras con pericia y añadió hierbas frescas y alcaparras a la sartén.

Gina miró de reojo hacia el restaurante.

—Es la primera vez que le veo en persona. Es impresionante.

—Sea quien sea espero que tenga reserva porque en caso contrario vas a tener que decirle que se vaya —Fia agitó la sartén con frenesí—. Esta noche estamos llenos.

—No vas a decirle que se vaya —Gina parecía fascinada—. Es Santo Ferrara. En carne y hueso.

Fia dejó de respirar. Se sintió débil y empezó a temblar como si le hubieran inyectado algo mortal. La sartén se le cayó de la mano y fue a caer al fuego. Se olvidó de las maravillosas vieiras.

—No vendría aquí —no se atrevería.

Estaba hablando para sí misma. Tratando de tranquilizarte. Pero no era posible. Nunca había sabido cuáles eran las motivaciones de Santo Ferrara.

—¿Por qué no iba a venir? —Gina parecía intrigada—. A mí me parece lógico. Su empresa es la dueña del hotel de la puerta de al lado y tu comida es exquisita.

Gina no era del lugar, en caso contrario sabría la historia entre las dos familias. Todo el mundo la sabía. Y Fia también sabía que el Ferrara Beach Club, el hotel con el que compartía la curva perfecta de la playa, era el más pequeño e insignificante del grupo hotelero Ferrara. No había ninguna razón para que Santo le dedicara su atención personal. Desconcertada, Fia se quemó el codo con la sartén. El dolor la atravesó y la devolvió al presente. Furiosa consigo mismo por haberse olvidado de las vieiras, las colocó cuidadosamente en un plato y se lo pasó a Gina funcionando en automático.

—Esto es para la pareja de la primera línea de playa —murmuró—. Es su aniversario y han reservado hace seis meses, así que asegúrate de tratarlos con reverencia. Esta es una gran noche para ellos y no quiero que se sientan decepcionados.

Gina la miró boquiabierta.

—Pero ¿no vas a...?

—¡Estoy bien! Solo es carne quemada —Fia apretó los dientes—. Lo pondré bajo agua fría ahora mismo.

—No estaba hablando de tu codo. Estaba pensando en que Santo Ferrara está en tu restaurante y a ti no parece importante —dijo la camarera—. Tratas a todos los clientes como si fueran miembros de la realeza y cuando llega alguien importante de verdad resulta que le ignoras. ¿No sabes quién es?

—Lo sé perfectamente.

—Pero, jefa, si ha venido a cenar...

—No ha venido a cenar —un Ferrara nunca se sentaría en la mesa de un Baracchi por temor a ser envenenado. No sabía por qué estaba allí y eso le resultaba frustrante porque no podía luchar contra lo que no entendía.

Y junto con el shock y la ira se mezclaba el miedo.

Había entrado con audacia en su restaurante a hora punta. ¿Por qué? Tenía que tratarse de algo muy, muy importante.

El terror se apoderó de ella. «No», pensó angustiada. «No puede ser por eso».

Porque él no lo sabía. No podía saberlo.

Gina la miró una última vez con curiosidad y salió a toda prisa de la cocina. Fia se echó agua fría en el codo quemado y trató de tranquilizarse diciéndose que se tra-

taba de una visita rutinaria. Otro intento de la familia
Ferrara de agitar la bandera blanca. Había habido otras,
y su abuelo las había roto todas por la mitad. Desde la
muerte de su hermano no había habido nada. Ningún
acercamiento. Ningún contacto.

Hasta ahora.

Funcionando en automático, buscó una cabeza de
ajos fresca por encima de la cabeza. Los cultivaba ella
misma en su huerta, junto con las verduras y las hierbas,
y ese proceso le gustaba tanto como cocinar. La cal-
maba. Le proporcionaba una sensación de hogar y de
familia que nunca había conseguido de la gente que la
rodeaba. Agarró su cuchillo favorito y empezó a cor-
tarlo tratando de pensar en cómo habría reaccionado en
circunstancias diferentes. Si no tuviera miedo. Si no hubiera tanto en juego.

Se mostraría fría. Profesional.

–*Buonasera*, Fia.

Una voz masculina se escuchó en el umbral y ella se
dio la vuelta blandiendo el cuchillo como si fuera un
arma. Lo más curioso era que no conocía su voz. Pero
conocía sus ojos y ahora mismo la estaban mirando.
Eran dos lagos negros peligrosamente oscuros. Brillaban inteligentes y duros. Eran los ojos de un hombre
que triunfaba en el ambiente de las altas finanzas. Un
hombre que sabía lo que quería y no tenía miedo de ir
a por ello. Eran los mismos ojos que brillaron mirando a
los suyos en la oscuridad tres años atrás mientras se
arrancaban la ropa con deseo salvaje.

Aquellos tres años habían añadido un par de centímetros a la anchura de sus hombros y más músculo del
que recordaba. Aparte de eso estaba exactamente igual.
La misma sofisticación innata pulida hasta que brillaba
como la pintura de su Lamborghini. Era un metro
ochenta y cinco de sensual virilidad, pero Fia no sentía

nada de lo que se suponía que debía sentir una mujer al mirar a Santo Ferrara. Una mujer normal no sentiría aquella furia, aquel deseo descontrolado de arañarle la cara y golpearle el pecho. No era capaz de darle siquiera las buenas noches. Lo que quería era que se fuera al infierno y se quedara allí.

Era su mayor error.

Y teniendo en cuenta el brillo frío y cínico de sus ojos, al parecer él la consideraba a ella el suyo.

–Vaya, qué sorpresa. Los hermanos Ferrara no suelen bajar de su torre de marfil para mezclarse con los mortales. ¿Estás conociendo a la competencia? –adoptó su tono más profesional aunque la ansiedad crecía en su interior y las preguntas se le agolpaban en la cabeza.

¿Lo sabía?

¿Lo había descubierto?

Una media sonrisa tocó sus labios y el movimiento la distrajo. Todo en aquel hombre era oscuro y sensual, como si estuviera diseñado especialmente para atraer a las mujeres a su guarida. Si los rumores eran ciertos, lo hacía con abrumadora frecuencia.

Fia no se dejó engañar por su pose aparentemente relajada ni por su tono suave.

Santo Ferrara era el hombre más peligroso que había conocido en su vida. Había caído en sus garras sin intercambiar ni una sola palabra con él. Incluso ahora, años después, no entendía qué había sucedido aquella noche. Primero estaba sola con su angustia y un instante después él le puso la mano en el hombro y todo sucedió en medio de una nebulosa. ¿Se habría tratado simplemente de consuelo? Seguramente, aunque el consuelo implicaba una dulzura que aquella noche no hubo.

Santo la observó ahora con expresión neutra.

–He oído hablar muy bien de tu restaurante. He venido a ver si lo que dicen es verdad.

«No lo sabe», pensó ella. «Si lo supiera, no estaría bromeando conmigo».

—Todo lo que dicen es verdad, pero me temo que no puedo satisfacer tu curiosidad. Estamos llenos —dijo mientras su mente trataba de averiguar la verdadera razón de su visita. No podía tratarse de una comprobación sobre la competencia. Santo Ferrara delegaría esa tarea en alguien.

—Los dos sabemos que puedes encontrarme una mesa si quieres.

—Pero no quiero —Fia apretó con más fuerza el cuchillo—. ¿Desde cuándo cena un Ferrara en la misma mesa que un Baracchi?

Él clavó la mirada en la suya. A Fia le latió el corazón con un poco más de fuerza. Su mirada ardiente le recordó que una vez no solo habían cenado, se habían devorado hasta que no quedó nada del otro. Y todavía recordaba su sabor; podía sentir el poder de su cuerpo contra el suyo mientras se entregaban a aquel placer oscuro y prohibido cuyo recuerdo nunca la había abandonado.

Santo sonrió. No fue la sonrisa de un amigo, sino la de un conquistador observando la inminente rendición de un prisionero.

—Cena en mi mesa, Fia.

La forma en que pronunció su nombre sugería una familiaridad que no existía y que la dejó descolocada, lo que sin duda era su intención. Santo era un hombre que siempre tenía el control. Lo tuvo aquella noche, y hubo algo aterrador en la fuerza de la pasión que desató.

Ella le había tomado porque necesitaba desesperadamente consuelo humano.

Él la había tomado a ella porque podía hacerlo.

—Estamos hablando de *mi* mesa —afirmó Fia con voz clara—. Y tú no estás invitado.

Tenía que librarse de él. Cuanto más tiempo se quedara allí, más riesgos corría ella.

–Tienes tu propio restaurante en la puerta de al lado. Si tienes hambre, seguro que podrán servirte algo, aunque admito que ni la comida ni las vistas son tan buenas como aquí, así que entiendo que encuentras carencias en ambas cosas.

Santo se quedó muy quieto, haciéndola sentir incómoda.

–Necesito hablar con tu abuelo. Dime dónde está.

Así que por eso estaba allí. Otra ronda inútil de negociaciones que no llevarían a nada una vez más.

–Debes de tener ganas de morir. Ya sabes lo que piensa de ti.

Santo la observó con los ojos entornados.

–¿Y sabe lo tú piensas de mí?

La retorcida referencia a lo sucedido aquella noche la impactó porque era algo que nunca antes habían mencionado. ¿Estaba amenazándola? ¿Iba a dejarla en evidencia? El alivio fue reemplazado por una sensación de terror mientras varios caminos horribles se abrían ante ella. ¿Era aquella la razón por la que lo había hecho? ¿Para tener algo contra ella en el futuro?

–Mi abuelo es un hombre mayor y no se encuentra bien. Si tienes algo que decirle, me lo puedes contar a mí. Si quieres hablar de negocios, habla conmigo. Yo llevo el restaurante.

–Pero la tierra es suya –su tono suave de voz era un millón de veces más perturbador que una explosión de furia, y ese control la preocupaba porque ella no se sentía controlada a su lado.

Pensó en lo que había leído sobre Santo Ferrara ocupando el lugar de su hermano en la dirección de la empresa. Y de pronto se dio cuenta de lo idiota que había sido al pensar que el Beach Club era demasiado insignificante para interesarle al gran jefe. Precisamente por ser tan pequeño le había llamado la atención. Quería hacerlo crecer, y para eso necesitaba...

—¿Quieres nuestra tierra?

—Antes era nuestra —afirmó con sequedad—. Hasta que uno de tus muchos parientes sin escrúpulos utilizó el chantaje para quitarle la mitad de la playa a mi bisabuelo. A diferencia de él, yo estoy dispuesto a pagar un precio justo y generoso por recuperar lo que siempre fue de mi familia.

Era una cuestión de dinero, por supuesto. Los Ferrara pensaban que todo podía comprarse. Y eso la asustaba. El alivio inicial había dado paso al temor. Si Santo estaba empeñado en explotar aquellas tierras, entonces ella nunca estaría a salvo.

—Mi abuelo nunca te las venderá, así que, si esa es la razón de tu visita, estás perdiendo el tiempo. Ya puedes volver a Nueva York, a Roma o donde quiera que vivas ahora y escoger otro proyecto.

—Vivo aquí —Santo levantó el labio superior—. Y le estoy dedicando a este proyecto toda mi atención.

Aquella era la peor noticia que podía darle.

—No se encuentra muy bien. No permitiré que le molestes.

—Tu abuelo es fuerte como un roble. No creo que necesite tu protección —su duro tono de voz le dejó claro que estaba hablando en serio—. ¿Sabe que estás llevándote deliberadamente a los clientes de mi hotel?

—Si por «deliberadamente» quieres decir a través de la buena cocina y las excelentes vistas, entonces sí soy culpable.

—Esas vistas excelentes son precisamente la razón por la que estoy aquí.

Así que eso era. No la noche que habían compartido. No la preocupación por su bienestar ni nada personal. Solo negocios.

Si no fuera por el alivio que sintió al ver que no había una razón más poderosa, se habría sentido abrumada por su insensibilidad. Aunque hubiera pasado lo que pasó, entre ellos había trazada una línea de muerte. Se había derramado sangre.

Pero una muerte inconveniente no bastaba para interponerse en el camino de un Ferrara, pensó algo aturdida.

—Esta conversación ha terminado. Tengo que cocinar, estoy en medio de las cenas.

Lo cierto era que ya había terminado, pero quería que se marchara de allí. Pero por supuesto no lo hizo, porque los Ferrara solo hacían lo que querían.

En lugar de irse se apoyó contra el quicio de la puerta con gesto seguro de sí mismo y aquellos ojos negros clavados en ella.

—¿Tan amenazada te sientes por mí que tienes tener un cuchillo en la mano para hablar conmigo?

—No me siento amenazada. Estoy trabajando.

—Podría desarmarte en menos de cinco segundos.

—Podría clavarte el cuchillo hasta el hueso en menos tiempo —era una bravuconería, por supuesto. En ningún momento había subestimado la fuerza de Santo.

—Si esta es la bienvenida que dispensas a tus clientes, me sorprende que haya gente aquí. No es precisamente calurosa, ¿no crees?

—Tú no eres un cliente, Santo.

—Entonces dame de comer y lo seré. Prepárame la cena.

«Prepárame la cena». A Fia le temblaron las manos un instante. Santo se había ido sin mirar atrás. Eso podía soportarlo, porque aparte de aquella única noche de sexo inconsciente no habían compartido nada. El hecho de que apareciera constantemente en su sus sueños no era culpa de Santo. Pero que apareciera allí y le ordenara que le hiciera la cena como si su regreso fuera algo que había que celebrar...

Su audacia le cortó la respiración.

–Lo siento. El becerro de bienvenida no está en el menú esta noche. Y ahora lárgate de mi cocina, Santo. Gina se encarga de las reservas y esta noche estamos llenos. Y mañana por la noche también. Y cualquier otra noche en la que quieras cenar en mi restaurante.

–¿Gina es la rubia guapa? Me he fijado en ella al entrar.

Por supuesto que se había fijado, eso no era ninguna sorpresa. Lo que la sorprendió fue la punzada que sintió en el pecho. No quería que le importara a quién se llevara aquel hombre a la cama. Nunca había querido que fuera así, y el hecho de que sí le importara la aterrorizaba más que nada. Había crecido sabiendo que sentir algo por alguien significaba dolor.

«Nunca te enamores de un siciliano», fueron las últimas palabras que su madre le dijo antes de salir por la puerta para siempre. Fia tenía entonces ocho años.

Asustada por sus sentimientos, se dio la vuelta y terminó de cortar el ajo, pero lo hizo con movimientos inseguros.

–Es peligroso sostener un cuchillo cuando te tiemblan las manos.

Santo estaba de pronto detrás de ella, demasiado cerca para su comodidad. Y sintió cómo se le aceleraba el pulso porque aunque no la estuviera tocando sentía su poder y cómo su cuerpo respondía a él. Era algo inmediato y visceral y estuvo a punto de gritar de frustración porque no tenía sentido. Era como salivar ante una comida que sabía que le sentaría mal.

–No estoy temblando.

–¿No?

Una mano fuerte y bronceada cubrió la suya y Fia se vio trasladada al instante a la oscuridad de aquella noche, a su boca quemando sobre la suya, sus dedos expertos recorriéndola sin piedad mientras la volvía loca.

–¿Piensas en ello?

No necesitó preguntarle a qué se refería. ¿Que si pensaba en ello? Dios mío, no sabía cuánto. Lo había intentado absolutamente todo para borrar de su mente el recuerdo de aquella noche, pero siempre estaba con ella. Era una cicatriz sensual que nunca se curaría.

–Levanta tu mano de la mía ahora mismo.

Santo apretó con más fuerza los dedos.

–Dejas de servir cenas a las diez. Hablaremos entonces.

Era una orden, no una invitación. Y la seguridad con que la dio alimentó las llamas de su ira.

–Mi trabajo no termina hasta que el restaurante cierra. Trabajo muchas horas, y cuando acabo me voy a la cama.

–¿Con ese chico de ojos de cachorro que trabaja para ti? ¿Ahora juegas a no arriesgarte, Fia?

La pregunta le pilló tan de sorpresa que se dio la vuelta para mirarle y el movimiento la acercó a él. El suave roce de su piel contra la dureza de su muslo desencadenó una respuesta aterradora.

–A quien invite a mi cama no es asunto tuyo.

Sus ojos se encontraron un instante, como si reconocieran en privado lo que nunca habían hecho público. Fia observó cómo su mirada se volvía más oscura. Un sentimiento dormido empezó a despertar dentro de ella, una respuesta que no quería sentir por aquel hombre.

Nunca supo lo que podría haber sucedido en ese instante porque Gina entró y cuando Fia vio a quién traía estuvo a punto de gritar en señal de advertencia. Pero ya era demasiado tarde. La suerte estaba echada. Porque Santo ya se había dado la vuelta con el ceño fruncido para localizar la fuente de la interrupción.

—Ha tenido una pesadilla —dijo Gina acariciando al niño pequeño que sollozaba en sus brazos—. Le dije que le traería con su mamá porque ya has terminado de cocinar por esta noche.

Fia se puso recta, incapaz de hacer nada excepto esperar a que los acontecimientos se desencadenaran.

En otras circunstancias se habría alegrado de ver a un Ferrara en estado de shock. Pero se jugaba demasiado, así que retuvo el aire en los pulmones mientras observaba el rápido cambio de registro en el rostro de Santo.

Su inicial irritación dio paso al asombro mientras miraba al niño que lloraba con hipidos extendiendo los bracitos hacia Fia.

Y ella lo tomó en brazos, por supuesto, porque su bienestar le importaba más que cualquier otra cosa.

Y entonces ocurrieron dos cosas.

Su hijo se quedó mirando con curiosidad al desconocido alto y moreno que estaba en la cocina y dejó de llorar al instante.

Y el desconocido alto y moreno se quedó mirando aquellos ojos oscuros casi idénticos a los suyos y palideció como un fantasma.

Capítulo 2

DIOS MÍO —murmuró con voz ronca.

Santo dio un paso atrás y se dio contra algunas sartenes apiladas cuidadosamente para guardarse. Sobresaltado por el repentino ruido, el niño dio un respingo y ocultó la cara en el cuello de su madre. Consciente de que él era la causa de su ansiedad, Santo trató de mantener el control. Tuvo que hacer uso de toda su fuerza de voluntad para mantener a raya la ira que amenazaba con salir a flote.

Desde la seguridad de los brazos de su madre, el niño le miró asustado, escondiéndose instintivamente del peligro y a la vez sintiéndose intrigado por él.

Ella también se escondería si pudiera, pensó Santo, pero no tenía dónde. Todos sus secretos estaban al descubierto.

Ni siquiera tenía que hacer la pregunta obvia.

Incluso sin aquel momento de reconocimiento lo habría sabido por su actitud. Su ansiedad resultaba visible.

Había ido allí a negociar la compra de la tierra. Ni por un segundo había imaginado algo así. Desde el momento en que entró en la cocina había estado intentando librarse de él y ahora entendía por qué. Había dado por hecho que su historia pasada era la responsable. Y por supuesto que lo era. Pero no del modo en que él creía.

Santo se enfrentó a unas sensaciones nuevas para él. No era solo furia, sino también un primitivo deseo de protección.

Tenía un hijo.

Pero en el momento en que aquella idea le cruzó por la cabeza, también pensó que las cosas no debían haber sido así. Siempre imaginó que terminaría por enamorarse de alguien, que se casaría y tendría hijos. Era un hombre tradicional. Había visto la felicidad de su hermano y la de su hermana y dio por hecho que la misma experiencia le aguardaba a él.

Se lo había perdido todo, pensó con amargura. El nacimiento, los primeros pasos, las primeras palabras... atormentado por aquellos pensamientos, soltó un gruñido. El niño abrió los ojos asustado al percibir el cambio en el ambiente. O tal vez había detectado el pánico de su madre. En cualquier caso, Santo sabía lo suficiente sobre niños como para saber que aquel se iba a echar a llorar.

Poniendo a prueba de nuevo su fuerza de voluntad, hizo un esfuerzo por ocultar sus sentimientos.

–Es muy tarde para que un niño tan pequeño esté levantado –su tono sonó con la dosis justa de dulzura y se centró en el niño en lugar de en la madre.

Mirarle le provocó una punzada de dolor en el pecho. Tuvo que hacer un esfuerzo físico por no agarrarle, sentarle en el Lamborghini y largarse de allí con él.

–Debes de estar muy cansado, chico. Deberías estar en la cama.

Fia se puso tensa, estaba claro que se lo había tomado como una crítica.

–A veces tiene pesadillas.

La noticia de que su hijo tenía pesadillas no ayudó a mejorar el mal humor de Santo. ¿Qué le provocaba esas pesadillas? Al recordar lo disfuncional que era aquella familia, la rabia se convirtió en miedo.

–Gina. Te llamas Gina, ¿verdad? –miró a la guapa camarera y se las arregló para componer aquella sonrisa que nunca le fallaba–. Verás, necesito hablar con Fia a solas...

–¡No! –el tono de Fina rozaba la desesperación–. Ahora no. ¿No ves que es un mal momento?

–Oh, no pasa nada –Gina se sonrojó bajo la mirada de Santo–. Yo me lo puedo llevar. Soy su niñera.

–¿Niñera? –la palabra se le quedó atorada a Santo en la garganta. Nadie de su familia había utilizado nunca ayuda externa para cuidar de sus hijos–. ¿Tú cuidas de él?

–Es un trabajo en equipo –aseguró Gina con alegría–. Somos como una manada. Cuidamos de los pequeños. Solo que en este caso solo hay uno, así que está muy mimado. Yo cuido de él cuando Fia está trabajando, pero sabía que ya había terminado de cocinar esta noche, así que pensé en traerlo para que le consolara. Ahora que se ha calmado se quedará dormido en cuanto vuelva a dejarlo en la cuna. Ven con la tía Gina –sacó al adormilado niño de los reacios brazos de Fia y lo atrajo hacia su pecho.

–Todavía quedan clientes...

–Ya casi han terminado todos –aseguró Gina para ayudar–. Solo estamos esperando a que la mesa dos pague la cuenta. Ben lo tiene todo bajo control. Tú puedes quedarte charlando, jefa –ajena a la tensión, Gina le dirigió una última mirada de admiración a Santo y salió de la cocina.

Se hizo el silencio.

Fia se mantuvo erguida con las mejillas pálidas bajo su cabello oscuro y sombras bajo los ojos.

Las palabras eran la munición más mortal de armamento de Santo. Las utilizaba para negociar acuerdos imposibles, para calmar las situaciones más difíciles, para contratar y despedir. Pero, de pronto, cuando las necesitaba más que nunca, le fallaban.

Solo consiguió preguntar:

–¿Y bien?

A pesar de lo emocional de su estado, o tal vez debido a ello, Santo habló con suavidad, pero ella se estremeció como si le hubiera levantado la voz.

–¿Bien qué?

–Ni se te ocurra decirme nada más que la verdad. Estarías gastando saliva.

–En ese caso, ¿para qué preguntas?

Santo no sabía qué decir. Ella no sabía qué decir. La situación era dolorosamente difícil.

Hasta aquella noche nunca habían hablado realmente. Durante su único y turbulento encuentro no intercambiaron ni una palabra, solo hubo sonidos. La ropa rasgada, el roce de la piel, la respiración agitada... pero ni una palabra.

Santo seguía sin entender qué había sucedido aquella noche. ¿Habría actuado la naturaleza prohibida de su encuentro como alguna especie de poderoso afrodisíaco? ¿El hecho de que sus familias hubieran sido enemigas durante casi tres generaciones le había añadido emoción a aquello que les había unido como animales en la oscuridad?

–¿Por qué diablos no me lo contaste? –su tono se hizo más agresivo.

–Haces preguntas muy estúpidas para ser un hombre supuestamente inteligente.

–Nada de lo sucedido entre nuestras familias debería haber evitado que me contaras *esto* –señaló con la mano hacia la puerta abierta.

«Esto» había desaparecido en la noche con Gina, y perderle de vista había sido una de las cosas más duras que Santo había tenido que hacer en su vida. Pronto, prometió. Pronto no volvería a perder de vista al niño nunca. Era lo único que tenía claro en aquella tormenta de incertidumbre.

–Tendrías que habérmelo contado.

–¿Para qué? ¿Para exponer a mi hijo a la misma rencilla amarga que ha coloreado toda nuestra vida? ¿Para que le utilizaras como un peón en tus juegos de poder? Tengo que protegerle de todo eso.

–Nuestro hijo –le corrigió Santo con tono grave–. También es hijo mío. Es de los dos.

–Es la consecuencia de una noche en la que tú y yo fuimos...

–¿Fuimos qué?

A ella no le tembló la mirada.

–Fuimos idiotas. Perdimos el control. Cometimos una estupidez. Algo que no tendríamos que haber hecho nunca. No quiero hablar de ello.

–Pues lo siento, porque vas a tener que hacerlo. Tendrías que haberlo hecho hace tres años cuando supiste que estabas embarazada.

–¡No seas ingenuo! –Fia se irritó tanto como él–. No fue un romance tranquilo que tuviera consecuencias inesperadas. Era más complicado.

–No es tan complicado decirle a un hombre que es el padre de tu hijo, por el amor de Dios –abrumado por la magnitud de los sucesos a los que se enfrentaba, dejó escapar un largo suspiro y se pasó la mano por la nuca para intentar tranquilizarse sin conseguirlo–. No puedo creer que esto esté pasando. Necesito tiempo para pensar.

Sabía que las decisiones que se tomaban en caliente nunca eran buenas, y él necesitaba que lo fueran.

–No hay nada que pensar.

Santo recordó aquella noche, una noche en la que nunca se había permitido pensar porque lo bueno estaba irrevocablemente mezclado con lo malo y era imposible separarlo.

–¿Cómo sucedió? Utilicé...

–Al parecer hay cosas que ni siquiera un Ferrara

puede controlar –aseguró Fia con frialdad–. Y esta es una de ellas.

Santo la miró con frialdad. La noche entera emergió de él. Era imposible distinguir los detalles. Había sido una locura salvaje, un deseo animal como nunca antes había experimentado.

Fia estaba triste. Él le puso la mano en el hombro. Ella se giró hacia él... y no hizo falta nada más. La chispa se convirtió en un fuego salvaje.

Y luego, antes incluso de que el calor se enfriara, Fia recibió aquella llamada en la que le dijeron que su hermano había muerto. Aquella trágica llamada que había atajado su encuentro amoroso con la fuerza de una guillotina. Y después llegó la caída. Las recriminaciones y la especulación.

El joven camarero apareció en el umbral y clavó los ojos en Fia.

–¿Va todo bien? He visto que Luca estaba despierto, lo que me ha alegrado porque he podido acunarle, pero luego he oído voces –miró a Santo con recelo.

Santo le miró con más recelo todavía. La noticia de que al parecer todo el mundo acunaba a su hijo excepto él le enfureció más de lo que ya estaba. Así que su hijo se llamaba Luca.

El hecho de haber sabido su nombre a través de aquel hombre hizo que perdiera el control.

¿Cuál era exactamente su relación con Fia?

–Esta es una conversación privada. Fuera de aquí –dijo con tono afilado.

–Está bien, Ben –murmuró Fia suspirando–. Sal, por favor.

Al parecer Ben no sabía lo que le convenía porque se quedó en el umbral.

–No voy a marcharme hasta asegurarme de que estás bien.

Era como un spaniel retando a un rottweiler. Miró a Santo, que habría admirado su coraje si no fuera porque se trataba de un hombre que le ponía ojitos a la mujer que unos instantes antes tenía a su hijo en brazos.

—Voy a darte una oportunidad más para que te vayas y luego te sacaré yo mismo de aquí.

—Vete, Ben —Fia parecía desesperada—. Le estás dando otra razón para tratar de amedrentarnos.

Ben le lanzó una última mirada desconfiada antes desaparecer en la oscuridad de la noche, dejándoles solos.

La tensión creció. El aire estaba muy cargado. Santo podía saborearlo y sentía su peso sobre los hombros.

Su cabeza era un hervidero de preguntas. ¿Cómo era posible que nadie se hubiera preguntado la identidad del padre de aquel niño? No entendía cómo Fia había podido ocultar algo así.

—Sabías que estabas embarazada y aun así me echaste de tu vida.

—Nunca estuviste en mi vida, Santo. Ni yo en la tuya.

—Tenemos un hijo en común —bramó.

Fia reculó como si hubiera recibido un golpe físico.

—Tienes que calmarte. En solo diez minutos has asustado a mi hijo, prácticamente has seducido a su niñera y has sido imperdonablemente rudo con alguien que me importa.

—No he asustado a nuestro hijo —aquella acusación le molestó más que las otras—. Eres tú la que ha provocado esta situación.

Y todavía no entendía cómo había logrado mantener el secreto. Su mente, habitualmente hábil, se negaba a trabajar.

—¿Esta es la idea de venganza que tiene tu abuelo? ¿Castigar a los Ferrara escondiendo al niño?

—¡No! —jadeó ella—. Adora a Luca.

Santo alzó las cejas sin dar crédito.

–¿Adora a un niño que es medio Ferrara? ¿Quieres hacerme creer que la edad ha vuelto tolerante a Baracchi? –Santo se interrumpió, alertado por algo que vio en sus ojos.

Y de pronto entendió la verdad, y la realidad fue como otro golpe en su ya dolorido estómago.

–Dios, no lo sabe, ¿verdad?

Era la única explicación, y quedó confirmada por la expresión de su mirada.

–Santo...

–Contéstame –su voz no parecía la suya–. Dime la verdad. No se lo has dicho, ¿verdad?

–¿Cómo iba a decírselo? –bajo la desesperación de Fia se adivinaba un profundo cansancio, como si fuera un peso que llevara cargando desde hacía demasiado tiempo–. Odia todo lo relacionado con tu familia y te odia a ti más que a nadie en este mundo, no solo porque te apellidas Ferrara, sino por...

No terminó la frase, y Santo dejó el tema porque iniciar una conversación sobre la muerte de su hermano significaría apartarse de su propósito y se negaba.

Tenían un hijo. Un hijo que era mitad Ferrara y mitad Baracchi. Una mezcla inimaginable. Un hijo nacido de una única noche que había terminado en tragedia. Y el viejo no lo sabía.

Se preguntó cómo era posible que el abuelo de Fia no hubiera visto lo que él vio al instante.

Ella le miraba con el rostro pálido como la cera. Santo estaba impactado por la enormidad del secreto que había guardado. ¿Cómo lo había hecho? Seguramente se preguntaría todas las mañanas si aquel iba a ser el día que la descubrirían. El día en que llegaría un Ferrara a llevarse al niño argumentando que era uno de los suyos.

–*Madre de Dio*, no puedo creerlo. Cuando el niño

tuviera edad para preguntar sobre su padre, ¿qué pensabas decirle? Pensándolo mejor, no me contestes –afirmó Santo–. No estoy preparado para escuchar la respuesta.

Él sabía mejor que nadie que la vida no era un cuento de hadas, pero por sus venas corría la creencia en la santidad de la familia. Era la tabla de salvación que te mantenía a flote en mares turbulentos, el ancla que evitaba que te ahogaras, el viento en las velas que te impulsaba hacia delante. Él era el fruto de un matrimonio feliz y tanto su hermano como su hermana habían encontrado el amor y habían creado su propia familia. Dio por hecho que a él le pasaría lo mismo. Nunca consideró que tendría que luchar por el derecho a ser el padre de su propio hijo. Y nunca imaginó que su hijo crecería en una familia como la de los Baracchi. No le habría deseado eso a nadie. Era una pesadilla demasiado dolorosa para pensar siquiera en ella.

Fia respiraba con dificultad.

–Por favor, tienes que prometerme que dejarás que yo me encargue de este asunto. Mi abuelo es muy mayor y no se encuentra bien –se le quebró la voz.

Pero Santo no sintió ninguna compasión por ella. Estaba furioso.

–Has tenido tres años para encargarte de este asunto. Ahora me toca a mí. ¿De verdad has pensado que iba a permitir que mi hijo se criara en tu familia? ¿Y sin un padre? Los Baracchi no saben lo que es la familia –se pasó los dedos por el pelo con nerviosismo–. Cuando pienso en lo que ha debido de pasar el niño...

–Luca es feliz y está bien cuidado.

–Sé como ha sido tu infancia –Santo dejó caer la mano a un costado–. He visto cómo fueron las cosas para ti. Tú no sabes cómo debería ser una familia.

Fia palideció todavía más.

–La infancia de Luca no se parece en nada a la mía.

Y, si sabes cómo fue mi infancia, entonces deberías saber también que nunca querría algo así para mi hijo. No te culpo por tu preocupación, pero estás equivocado. Sé lo que debería ser una familia. Siempre lo he sabido.

–¿Cómo? ¿De dónde lo has aprendido? Desde luego en tu casa no.

Su casa era un hogar desestructurado, revuelto y absolutamente inseguro, porque la familia Baracchi no solo se peleaba con sus vecinos, también entre ellos.

Cuando la conoció formalmente ella tenía ocho años y se escondía en el extremo lejano de la playa. En el lado de los Ferrara, donde se suponía que no podía estar ningún Baracchi. Se había refugiado en una cabaña de pescadores abandonada, entre tablones de madera rotos y un fuerte olor a aceite. Santo tenía catorce años y no sabía qué hacer con aquella intrusa de pelo revuelto. ¿Se suponía que tenía que retenerla como prisionera? ¿Pedir un rescate? Al final no hizo ninguna de las dos cosas. Tampoco la había dejado sin escondite. Intrigado por su osadía, había permitido que se ocultara allí hasta que ella decidió volver a su casa.

Unas semanas más tarde supo que el día que se había escondido en la cabaña fue el día que su madre se marchó, dejando al violento padre de Fia con dos niños que nunca había querido tener. Santo recordó que le había sorprendido no verla llorar. Eso fue años antes de darse cuenta de que Fia nunca lloraba. Se guardaba todos sus sentimientos y nunca esperaba consuelo. Seguramente porque había aprendido que no podía esperar nada de su familia.

Santo apretó los labios. Tal vez Fia dejara a la gente fuera, pero a él no iba dejarle fuera. Esta vez no.

–Tú tomaste una decisión sin tener en cuenta a nadie más. Ahora yo tomaré la mía –afirmó Santo con rotundidad sin permitir que su mirada suplicante alterara lo que sabía que tenía que hacer.

—¿Qué quieres decir?

—Cuando esté listo para hablar me pondré en contacto contigo. Y que no se ocurra escaparte porque, si lo haces, te perseguiré hasta dar contigo. No tienes dónde esconderte. No hay lugar en este planeta al que puedas llevarte a mi hijo sin que yo te encuentre.

—También es mi hijo.

Santo sonrió sin asomo de humor.

—Y eso nos plantea un reto interesante, ¿verdad? Seguramente sea la primera cosa que nuestras familias tengan en común. Cuando decida lo que voy a hacer al respecto te lo haré saber.

Mientras el fiero rugido del Lamborghini interrumpía el silencio de la noche, Fia se dirigió al baño y vomitó. Podía deberse al miedo, al estrés o a una combinación de ambos, pero odiaba la debilidad y la sensación de vulnerabilidad. Cuando terminó se sentó en el suelo con los ojos cerrados y trató de pensar en un plan, pero no había plan que Santo no lograra desbaratar.

Tomaría el control como siempre hacían los Ferrara. El desprecio que Santo sentía por su familia empujaría la decisión que tomara, y en parte Fia no podía culparle por ello. En su lugar ella habría hecho probablemente lo mismo porque ahora entendía lo que era querer proteger a un hijo.

Fia se llevó las rodillas al pecho y las abrazó. Santo no había querido escucharla cuando trató de explicarse. No la había creído cuando le dijo que se había asegurado de que la infancia de Luca no fuera en absoluto como la suya.

Ahora la misión de Santo era rescatar a su hijo de la familia Baracchi.

No habría piedad. Ni concesiones. En lugar de crecer en un ambiente tranquilo y cariñoso, Luca se veía expuesto a la presión del resentimiento y la animadversión. Se veía inmerso en una guerra emocional. Y esa era precisamente la razón por la que había escogido aquel camino particularmente difícil y había vivido durante tres años con las mentiras, la preocupación y la angustia para proteger a su hijo.

—Mamá está mala —Lucas estaba allí delante con su oso favorito en brazos y el oscuro cabello revuelto.

Las duras luces del baño le marcaban cada una de las facciones, y durante un instante Fia se quedó sin respiración porque vio en el rostro de su hijo a Santo. Su hijo había heredado aquellos ojos inolvidables, el mismo pelo oscuro y brillante. Incluso la forma de la boca le recordaba a la del padre de Santo, por no hablar de su vena obstinada...

Lo cierto era que habría sido solo cuestión de tiempo que su secreto saliera a la luz.

—Te quiero —estrechó impulsivamente a su hijo entre sus brazos y le besó la frente—. Siempre voy a estar aquí para ti. Y Gina y Ben también. Hay mucha gente que te quiere, nunca estarás solo —le abrazó con más fuerza que nunca. Le besó como nunca le había besado. Tal vez no fuera justo culpar a Santo Ferrara de dar por hecho que su hijo estaba creciendo en un ambiente tóxico. Él no sabía lo duro que ella había trabajado para asegurarse de que la infancia de Luca no fuera como la suya.

Y cuando el niño se apretó contra ella contento y tranquilo sintió que los ojos se le llenaban de lágrimas.

Se preguntó qué tenía ella de malo para que su madre no hubiera sentido el mismo y poderoso lazo. Nada en el mundo podría hacer que Fia abandonara a su hijo. No había precio ni promesa posible capaz de llevarla a hacer algo semejante.

Y no iba a permitir de ninguna manera que Santo se lo llevara.

Ignorando por suerte que sus vidas se asomaban a un peligroso abismo, Luca se apartó de sus brazos.

—Cama.

—Buena idea —Fia le tomó en brazos y le llevó de vuelta a la cama. Pasara lo que pasara le protegería del desastre. No iba a permitir que le hicieran daño.

—¿El hombre va a volver?

Ella sintió un nudo en el estómago.

—Sí, va a volver —de eso no le cabía la menor duda. Y cuando volviera lo haría con un arsenal legal. Los acontecimientos se habían puesto en marcha y no había forma de pararlos. Nada detenía a un Ferrara cuando quería algo.

Y Santo Ferrara quería a su hijo.

Fia se sentó en la cama y se quedó mirando a su hijo dormir. El amor que sentía por él era tan grande que la llenaba por completo. La fuerza de aquel lazo hacía que le resultara fácil imaginar los sentimientos de Santo. En su interior despertó la culpabilidad que tanto se había esforzado en acallar.

Nunca se había sentido cómoda con su decisión. La había perseguido en las oscuras horas de la noche cuando no tenía distracciones que le ocuparan la mente. No se arrepentía de haber optado por aquel camino, pero había aprendido que podía sentirse mal aun habiendo tomado la decisión correcta. Y luego estaban los sueños. Sueños que distorsionaban la realidad. Sueños de una vida que no existía. Apartando de sí las imágenes de unas pestañas oscuras y sedosas y una boca dura y sensual, Fia se quedó hasta que el niño estuvo completamente dormido y luego fue a recoger la cocina. Tenía que hacerlo ella sola porque le había dicho a todo el mundo que se fuera a casa, pero el trabajo la ayudó a calmar el nudo del estómago. Volcó la ansiedad en el trapo hasta que toda la superficie de la cocina brilló, hasta que el sudor le perló la frente, hasta que estuvo demasiado cansada como para sentir algo más que no fuera dolor físico por el trabajo duro. Entonces sacó una cerveza fría de la nevera y se dirigió al pequeño muelle de madera del restaurante.

Los barcos de pesca se balanceaban en silencio en la oscuridad. Normalmente aquel era un momento de paz, pero ahora el habitual ritual nocturno no consiguió el efecto deseado.

Fia se quitó los zapatos y se sentó en el muelle con los pies colgando y rozando el agua fría. Miró hacia las luces del Ferrara Beach Club, situado al otro lado de la bahía. El ochenta por ciento de sus clientes de aquella noche venían del hotel. Tenía reservas hechas con varios meses vista. Quitó la chapa de la botella y se la llevó a los labios pensando que al hacer bien su trabajo había atraído sin darse cuenta al enemigo.

El éxito la había colocado bajo el radar. En lugar de ser irrelevante para los todopoderosos Ferrara, se había significado. Todo era culpa suya, pensó con amargura. Al perseguir su objetivo de cuidar de su hijo, le había expuesto inadvertidamente.

–¡Fiammetta!

El ladrido de su abuelo la sobresaltó. Se puso de pie al instante y corrió hacia la casa de piedra que había pertenecido a su familia desde hacía seis generaciones. Tenía una sensación de miedo en el estómago.

–*Come stai?* –mantuvo un tono de voz calmado–. Es muy tarde para estar despierto, *nonno*. ¿Te encuentras bien?

–Todo lo bien que puede estar un hombre al ver a su nieta trabajando hasta la extenuación –torció el gesto al ver el botellín de cerveza que tenía en la mano–. A los hombres no les gusta ver a una mujer bebiendo cerveza.

–Entonces me alegro de no tener un hombre del que preocuparme –bromeó, aliviada al ver que todavía tenía energía para reprenderla.

Así era su relación. Así era el amor de los Baracchi. Fia se dijo que el hecho de que su abuelo no lo expresara no significaba que no lo sintiera.

–¿Qué estás haciendo? Deberías estar en la cama durmiendo.

–Luca estaba llorando.

–Ha tenido una pesadilla. Solo quería uno poco de mimo.

–Tendrías que haberle dejado llorar –gruñó su abuelo con desaprobación–. Nunca se convertirá en un hombre si le sigues mimando así.

–Va a ser un gran hombre. El mejor.

–Es un niño mimado. Cada vez que le miro hay alguien abrazándole o besándole.

–Nunca es demasiado el amor que se le da a un niño.

–¿Acaso estaba yo tan encima de mi hijo como tú lo estás del tuyo?

«No, y mira cómo acabó».

–Creo que deberías irte a la cama, *nonno*.

–«¿Puedo cocinar para unas cuantas personas?». Eso fue lo que me dijiste –compuso una mueca de dolor mientras se acercaba hacia la orilla–. Y antes de que pudiera darme cuenta tenía la casa llena de desconocidos y tú estás sirviendo buena comida siciliana en platos elegantes y encendiendo velas para gente que no sabe diferenciar la buena comida de la comida rápida.

–La gente viene desde muy lejos para probar mi cocina. Dirijo un negocio de éxito.

–No deberías estar dirigiendo un negocio –su abuelo se sentó en su silla favorita cerca del agua. La silla en la que se sentaba cuando Fia era una niña.

—Estoy construyendo una vida para mí y un futuro para mi hijo.

Una vida que ahora había dado un vuelco. Un futuro que se veía amenazado. De pronto se dio cuenta de que ya no podía confiar en seguir guardando silencio.

—Iré a buscarte algo de beber. ¿Grappa?

Tenía que contarle a su abuelo lo de Santo, pero primero debía pensar en la manera de hacerlo. ¿Cómo se le decía a alguien que el padre de su amado nieto era el hombre que más odiaba sobre la tierra?

Fia entró en la cocina y agarró la botella y un vaso. Hacía mucho tiempo que su abuelo no mencionaba a los Ferrara. Y era por ella. Preocupada por Luca, Fia insistía en que, si no podía hablar positivamente de aquel apellido, mejor que no lo nombrara.

Al principio agradecía que se hubiera tomado seriamente la advertencia. Pero ahora se preguntaba si eso significaba que de verdad se había ablandado con el tiempo.

Ojalá fuera así.

Dejó el vaso en la mesa que tenía su abuelo delante y le sirvió.

—¿Por qué estás de mal humor?

—¿Aparte de por el hecho de que trabajes todas las noches como una esclava en esa cocina mientras alguien más cuida de tu hijo?

—A Luca le viene bien estar con otras personas. Gina le quiere —no tenía la familia que le hubiera gustado tener por su hijo, así que la había creado. Luca nunca estaría solo como lo estuvo ella. Siempre tendría gente con la que poder contar. Gente que le abrazara cuando la vida lanzara piedras.

—Querer —gruñó su abuelo con desprecio—. Le estás convirtiendo en una nenaza. Eso es lo que pasa cuando no hay un padre que enseñe a su hijo a ser un hombre.

Era el pie perfecto para que le contara lo que tenía que contarle. Pero no fue capaz de pronunciar las palabras. Necesitaba tiempo. Tiempo para descubrir cuáles eran las intenciones de Santo.

—Luca tiene influencias masculinas en su vida.

—Si te refieres al chico que trabaja contigo en el restaurante, tengo yo más testosterona en un dedo que él en todo el cuerpo. Lucas necesita un hombre de verdad a su lado.

—Tenemos ideas muy distintas respecto a lo que es un hombre de verdad.

Las líneas de la frente se le marcaron y los huesudos hombros cayeron un poco hacia abajo. En el último mes parecía haber envejecido una década.

—Esto no era lo que yo quería para ti.

—La vida no siempre sale como la planeamos, *nonno*. Si la vida te da aceitunas, haz aceite de oliva.

—¡Pero tú no haces aceite de oliva! —el anciano agitó una mano en gesto de frustración—. Les envías nuestras aceitunas a los vecinos y son ellos los que fabrican nuestro aceite.

—Que luego utilizo en mi restaurante. El restaurante del que todo el mundo habla en Sicilia. La semana pasada salimos en el periódico.

Pero la emoción que había experimentado por aquel instante fugaz de éxito había desaparecido. Los últimos acontecimientos lo habían reducido a la nada.

—Lo estoy haciendo bien. Soy buena en mi trabajo.

—Las mujeres deben trabajan solo hasta que encuentren un marido.

Fia dejó la botella sobre la mesa.

—No digas eso. Luca empezará a entenderlo todo muy pronto y no quiero que crezca con esa opinión.

—¡Los hombres te piden salir! ¿Pero tú dices que sí? No. Morenos, rubios, altos, bajos... siempre es «no». No dejas entrar a nadie, y así ha sido desde lo del padre de Luca −la miró fijamente.

Fia apretó con más fuerza la botella.

−Cuando conozca a un hombre que me interese le diré que sí −pero sabía que eso no iba a suceder. Solo había habido un hombre en su vida y ahora mismo la despreciaba. Y peor todavía, pensaba que no era una buena madre.

Para no pensar en eso se concentró en su abuelo y sintió una punzada de preocupación al verle frotarse el pecho con aire ausente. Fia se acercó impulsivamente para tomarle la mano. Él la apartó al instante y ella trató de que no le importara. No era un hombre cariñoso, resultaba absurdo por su parte intentarlo. No la abrazaba nunca ni tampoco a Luca.

−¿Qué te pasa? ¿Te duele otra vez?

−No hagas un drama −se hizo un largo silencio mientras él la miraba fijamente.

Fia sintió un nudo en el estómago. ¿Era su conciencia culpable, o...?

−No ibas a contármelo, ¿verdad?

La sequedad de su tono la desconcertó.

−¿Contarte qué? −el corazón le latía de pronto como la batería de un grupo de rock.

−Ha estado aquí esta noche. Santo Ferrara −dijo su nombre como si le supiera mal en la boca.

Fia soltó la botella antes de que se le resbalara de la mano.

−*Nonno*...

−Sé que me prohibiste mencionar su nombre, pero, si un Ferrara entra en mi propiedad, eso me da derecho a hablar de él. Tendrías que haberme dicho que estaba aquí.

¿Cuánto sabía? ¿Qué había oído?

−No te lo dije porque sabía que reaccionarías así.

Él dio un puñetazo en la mesa.

—Le advertí a ese chico que no volviera a poner los pies en mi territorio.

Fia pensó en los anchos hombros de Santo. En la sombra de barba incipiente en la mandíbula.

—No es un chico. Es un hombre.

Un hombre poderoso que ahora dirigía una empresa multinacional. Un hombre con el poder de arrebatarle lo que más quería en el mundo. Un hombre que se había ido para hablar con sus abogados sobre el futuro de su hijo.

Oh, Dios...

Los ojos de su abuelo brillaron de rabia.

—Ese hombre entró en mi casa sin ningún respeto por mis sentimientos.

—*Nonno*...

—¿No tenía valor para enfrentarse a mí?

—¡Cálmate! —Fia se puso de pie. La emoción le quemaba en la base de las costillas. Si su abuelo estaba así de disgustado ahora, ¿cómo se pondría cuando supiera la verdad? Volvería a empezar otra vez, solo que en esta ocasión Luca estaría en medio.

—¡No quería que te viera, y esta es la razón! Te estás poniendo furioso.

—¡Por supuesto! ¿Cómo no iba a estar furioso después de lo que ha hecho? —tenía el rostro pálido bajo la luz parpadeante de la vela.

—Cuando Luca nació me prometiste que dejarías el pasado atrás.

Él se la quedó mirando un largo instante.

—¿Por qué le defiendes? ¿Por qué no se me permite decir nada malo sobre un Ferrara?

Fia sintió que el calor se le agolpaba en las mejillas.

—Porque no quiero que Luca crezca con esa animadversión. Es horrible.

—Les odio.

Fia aspiró con fuerza el aire.

—Ya lo sé.

Claro que lo sabía. Y había pensado en ello cada día desde que sintió los primeros aleteos en el abdomen. Y cuando dio a luz a su hijo y le miró por primera vez, y cada vez que le daba un beso de buenas noches. Había días en los que sentía que no podía seguir cargando con aquel peso.

Los ojos de su abuelo echaban chispas de furia.

—Por culpa de Ferrara estaréis solos en el mundo cuando yo muera. ¿Quién cuidará de vosotros?

—Yo lo haré.

Fia sabía que culpaba a Santo por la muerte de su hermano. También sabía que era inútil recordarle que su hermano apenas había sido capaz de cuidar de sí mismo, así que mucho menos de otros. Había sido su propia irresponsabilidad lo que le mató, no Santo Ferrara.

Su abuelo se puso de pie con cierta torpeza.

—Si Ferrara se atreve a volver por aquí y yo no estoy, puedes darle un mensaje de mi parte.

—*Nonno...*

—Dile que sigo esperando a que actúe como un hombre y se responsabilice de sus actos. Y, si se atreve a volver a poner los pies en mi propiedad, pagará por ello.

Capítulo 3

SANTO estaba sentado esperando en su despacho del Ferrara Beach Club, una oficina que el director del hotel había mandado vaciar precipitadamente para él. Si necesitaba alguna indicación de por qué aquel hotel tenía menos éxito que los demás del grupo, la tenía allí mismo, en el escritorio. La falta de disciplina y organización era visible por todas partes, desde el papel deteriorado de la pared a la planta moribunda que yacía medio caída en una esquina. Más tarde se ocuparía de aquello. Ahora mismo tenía otras cosas en mente. En la pared, mofándose de él, había una foto grande del director del hotel posando con su mujer y dos niños pequeños.

La típica familia siciliana.

Santo se quedó mirando la foto malhumorado. Sentía deseos de romperla. Nunca se había considerado un idealista, pero ¿era idealista dar por hecho que algún día tendría una familia parecida a la de la foto?

Al parecer sí.

Consultó su reloj. No dudaba ni por un instante que Fia aparecería. No solo porque tenía fe en su sentido de la justicia, sino porque ella sabía que, si no lo hacía, iría a buscarla.

Esperó con gesto impávido a que la oscuridad diera paso a los primeros rayos de luz cuando el sol se levantó por encima del mar iluminando la brillante superficie.

Había enviado el mensaje de madrugada, en un momento en que la mayoría de la gente estaría durmiendo. No se le había ocurrido intentar dormir. No había habido descanso para él y sabía que para Fia tampoco.

Tenía la mente agotada, pero al mismo tiempo las cosas muy claras. Por lo que a él se refería, la decisión estaba clara. Ojalá fuera tan fácil lidiar con los sentimientos de igual manera.

Volvió a comprobar su teléfono y encontró un mensaje de su hermano, otra persona que también solía estar despierta al amanecer. Eran solo tres palabras: *Dime qué necesitas.*

Apoyo incondicional. Lealtad incuestionable. Todas las cosas que la familia debería ofrecer y que la suya ofrecía. Había crecido con aquel apoyo, rodeado de amor. A diferencia de su hijo, que había pasado sus primeros años en el equivalente a un nido de víboras.

La frente se le perló de sudor. Apenas podía pensar en cómo debió de haber sido la vida de su hijo. ¿Cuál sería el impacto emocional a largo plazo de criarse en un desierto emocional? ¿Y si el maltrato no hubiera sido solo emocional? Aunque él era muy pequeño, recordaba los rumores sobre la familia Baracchi. Y recordaba haber visto a Fia muchas veces con moratones.

Escuchó un levísimo toque a la puerta. Entornó los ojos y sintió una descarga de adrenalina, pero se trataba de una camarera que le llevaba más café.

–*Grazie.*

El repiqueteo de la taza y la lechera y la mirada nerviosa de la camarera le hicieron saber que se le notaba el mal humor en la cara aunque seguramente nadie sabría interpretar la causa. Todo el mundo en el hotel estaba nervioso por su visita. No podían saber que su humor actual no tenía nada que ver con el trabajo. La reorganización del hotel era lo último que tenía en mente en aquel momento.

La camarera se marchó, pero unos instantes después se escuchó de nuevo cómo llamaban con los nudillos y supo que esta vez se trataba de ella. La puerta se abrió y allí estaba Fia con aquellos ojos verdes brillando como joyas en un rostro tan pálido como la neblina matinal. Nada más mirarla supo que no había descansado tampoco.

Parecía agotada y estresada. Y dispuesta a luchar. Sus miradas se cruzaron.

Habían sido amantes. Habían compartido la intimidad total, pero eso no iba a ayudarles a navegar por las traicioneras aguas en las que ahora se encontraban porque no habían compartido nada más. No tenían ninguna relación. Esencialmente eran unos desconocidos.

—¿Dónde está mi hijo? —le espetó Santo.

Ella se apoyó contra la puerta y le miró.

—Dormido en la cama. En su casa. Si se despierta Gina, estará allí, y también mi abuelo.

La ira se apoderó de él como una bestia salvaje dispuesta a hacerle jirones su frágil autocontrol.

—¿Se supone que eso debe tranquilizarme?

—Él quiere a Luca.

—Creo que tenemos conceptos diferentes de lo que significa esa palabra.

—No —los ojos de Fia echaban chispas—. No es así.

Santo apretó los labios.

—¿Y seguirá queriéndole cuando descubra la identidad de su padre? Creo que los dos conocemos la respuesta a eso —se levantó de la silla y vio que ella extendía la mano hacia el picaporte de la puerta.

—Si sales de esta habitación, tendremos esta conversación en público —le advirtió entornando los ojos—. ¿Es eso lo que quieres?

—Lo que quiero es que te calmes y seas racional.

—Oh, soy muy racional, querida. He estado pensando con mucha claridad desde el momento que vi a mi hijo.

La atmósfera se hizo más densa. El aire se volvió demasiado caluroso.

–¿Qué quieres que te diga? ¿Que lo siento? ¿Que no hice lo correcto?

Su voz sonaba suavemente ronca y Santo dirigió los ojos hacia su boca. Había sido solo una noche, pero el recuerdo le había dejado cicatrices profundas en los sentidos. Sabía cómo sabía porque lo recordaba vivamente. Conocía su sabor porque también lo recordaba. No solo la suavidad de su piel, sino también la de su gloriosa melena. Liberada ahora de las horquillas que se la sujetaban mientras cocinaba, le caía ahora sobre la espalda como una llama oscura que reflejaba el amanecer. Recordó el día que su padre se lo había cortado en un arrebato de ira con las tijeras de la cocina. Santo, horrorizado, presenció la escena y trató de intervenir, pero al verle Baracchi se había enfurecido todavía más.

Recordó que Fia se había quedado sentada muy quieta sin decir nada mientras los largos mechones le caían sobre el regazo. Después fue a esconderse a la cabaña y le desafió con la mirada para que no dijera una palabra al respecto. Y por supuesto, Santo no lo hizo porque su relación no incluía intercambios verbales.

Y fue en aquella cabaña, en una noche que terminó de forma tan trágica, cuando su relación pasó de nada a todo.

Santo aspiró con fuerza el aire y resistió el impulso salvaje y primitivo que le urgía a sujetarla contra la pared y arrancarle las respuestas que buscaba.

–¿Cuándo supiste que estabas embarazada?

–¿Qué importa eso?

–Soy yo el que hace las preguntas, y vas a contestar a todo lo que quiera preguntarte.

Fia cerró los ojos y apoyó la cabeza contra la puerta.

–No lo supe durante mucho tiempo. Después de... no

lo recuerdo bien. Todo es muy confuso. Primero fue el hospital, luego el funeral. Y mi abuelo... –el silencio hablaba más que las palabras. Respiraba con dificultad–. Era un caos. En lo último en que pensaba era en mí.

Sí, había sido un caos. Un pandemonio. Una salvaje mezcla de culpabilidad, dolor y rabia. El frenesí por salvar una vida que ya se había perdido. Un momento de intimidad perdido en un mar de crueles rumores. Al recordarlo Santo sintió que se le ponían todos los músculos en tensión y supo que ella estaba sintiendo lo mismo.

–Entonces, ¿cuándo lo supiste?

–No lo sé, supongo que un par de meses más tarde. O quizá más –se pasó los dedos por las sienes–. Fue un momento muy difícil. Seguramente tendría que haberme dado cuenta antes, pero en aquel entonces pensé que todo formaba parte del shock. Tenía náuseas todo el tiempo, pero creí que era por la tristeza. Y cuando por fin lo descubrí fue...

–¿Un problema más? –Santo apretó los puños.

–¡No! –Fia sacudió la cabeza con firmeza–. Iba a decir que fue como un milagro –bajó el tono de voz–. Lo mejor que me ha pasado en la vida llegó a través de la peor noche de mi vida.

No era la respuesta que esperaba, y durante un instante Santo se quedó desconcertado.

–Debiste ponerte en contacto conmigo cuando lo supiste.

–¿Para qué? –preguntó Fia con tono angustiado–. ¿Para que mi abuelo y tú os matarais? ¿Crees que quería exponer a Luca a algo así? Tomé la mejor decisión para mi hijo.

–Nuestro hijo –la corrigió él con énfasis–. Y a partir de ahora tomaremos las decisiones juntos.

Santo vio el pánico reflejado en sus ojos y supo que esa angustia era la responsable de sus ojeras.

—Luca es feliz. Entiendo cómo te sientes, pero...

—Tú no entiendes cómo me siento —la interrumpió él con furia—. Estamos hablando de mi hijo. ¿De verdad crees que quiero que crezca como un Baracchi? —Santo se preparó para la pregunta que le quitaba el sueño—. ¿Le ha pegado alguna vez?

—¡No! —la respuesta de Fia fue instantánea y sincera—. Nunca permitiría que nadie le pusiera la mano encima a Luca.

—¿Y cómo le defiendes? Tú nunca te defendías —tal vez fuera un golpe bajo por su parte, pero se dijo que el bienestar de su hijo era más importante que los sentimientos de Fia—. Solo lo soportabas.

—¡Tenía ocho años! —el dolor y el reproche se reflejaron en sus ojos.

Santo se sintió como un animal por haberse lanzado así contra ella.

—Te pido disculpas por el comentario —murmuró sacudiendo la cabeza.

—No hace falta. No te culpo por tratar de proteger a tu hijo —habló con voz pausada, como si se hubiera resignado hacía tiempo al hecho de que nadie se preocupara por ella—. Y sí, crecí en una familia violenta, pero esa violencia venía de mi padre, no de mi abuelo. Te aseguro que Luca nunca ha estado en peligro. Está teniendo una infancia pacífica y llena de amor.

—Sin padre.

Fia se estremeció como si la hubiera abofeteado.

—Sí.

—Por supuesto, me alivia saber que está a salvo, pero eso no cambia el hecho fundamental que estamos tratando aquí. La familia es lo más importante para mí. Soy un Ferrara, y nosotros cuidamos de los nuestros. Bajo ninguna circunstancia abandonaría a mi propio hijo.

Sus palabras fueron otro golpe bajo, porque eso era exactamente lo que había hecho la madre de Fia. Se marchó cuando ella tenía ocho años. Su rostro perdió el poco color que le quedaba, y Santo se preguntó por un instante lo que debía de ser ver cómo tu madre te abandonaba dejándote solo para afrontar el peligro.

Conocía la historia, igual que todo el mundo. La madre de Fia era una turista inglesa que se había enamorado del encanto y el aspecto físico de Pietro Baracchi para descubrir después de la boda que era un mujeriego incurable con un temperamento violento. Tras recibir demasiadas palizas, la madre de Fia le dio la espalda a Sicilia y a sus dos hijos y poco después su padre murió en un accidente de barco.

Ella le miró fijamente.

—No deberías juzgarme tan deprisa. ¿Te molestaste alguna vez en volver para comprobar si nuestra noche juntos había tenido consecuencias?

Aquel inesperado ataque le pilló desprevenido.

—Utilicé protección.

—Y funcionó bien, ¿verdad? —ironizó Fia inclinando la cabeza—. ¿Te preguntaste en algún momento cómo estaba después de aquella noche? ¿Cómo me estaba enfrentando al accidente que mató a mi hermano? ¿Te molestaste en venir a buscarme?

—No quería encender la situación —pero sus palabras habían despertado en él una punzada de culpabilidad. Tendría que haberse puesto en contacto con ella. La idea le resultaba incómoda, como si tuviera una china en el zapato.

—Así que admites que te preocupaba ponerte en contacto conmigo porque eso habría aumentado los problemas —la voz de Fia sonaba calmada—. ¿Cuánto más habrían aumentado si te hubiera dicho que estaba embarazada?

–El niño lo cambia todo.

–No cambia nada, solo lo hace todo más difícil –Fia se metió las manos en los bolsillos de los vaqueros.

Con el rostro limpio de maquillaje y el pelo suelto, parecía una quinceañera y no una exitosa mujer de negocios.

–Es una pérdida de tiempo regodearse en lo que ya está hecho. Hablemos del futuro. Por supuesto que quieres verle. Eso lo entiendo. Podemos arreglarlo.

Distraído por la longitud de aquellas piernas embutidas en vaqueros, Santo frunció el ceño.

–¿Qué se supone que quiere decir eso?

–Estoy diciendo que puedes ver a Luca. Llegaremos a un acuerdo siempre y cuando accedas a cumplir ciertas normas.

¿Ella le estaba imponiendo normas? Asombrado, apenas pudo acertar a responder.

–¿Qué normas?

–No toleraré que hables mal de mi abuelo delante de Luca. Ni denigrarás a ningún miembro de mi familia, incluida yo. Por muy enfadado que estés conmigo, no lo demostrarás delante de Luca. En lo que a él respecta, estamos unidos. Aunque no estemos juntos, quiero que piense que nos llevamos bien. Si accedes a eso, entonces te dejaré tener acceso pleno a él.

Estupefacto al comprobar lo profundamente equivocada que estaba, Santo sintió una oleada de exasperación.

–¿Acceso? ¿Crees que estoy hablando de derecho de visita? ¿Crees que quiero tener a mi hijo conmigo de vez en cuando?

–¿No quieres?

–Sí. Quiero acceso total –su tono era un reflejo de su estado de ánimo. Sombrío–. La clase de acceso que tiene un padre que ejerce a tiempo completo. Acceso a acostarle por las noches y levantarle por la mañana. Acceso a pesar todo el tiempo que quiera con él. Acceso a enseñarle en qué consiste una familia de verdad. Y así va a ser. Mis abogados están trabajando en el papeleo necesario para que sea reconocido como hijo mío. Mío.

Se hizo un silencio sepulcral.

Durante un instante Fia no dijo nada, pero luego cruzó la habitación para golpearle el pecho con los puños como una fiera salvaje.

—¡No te lo llevarás de mi lado! ¡No lo permitiré!

Estaba tan furiosa y él tan sorprendido por aquella repentina explosión que tardó unos segundos en agarrarle las muñecas y apartarla de sí.

—Pero tú sí lo apartaste de mí —afirmó marcando cada sílaba, arrojándole aquellas palabras a la cara.

—Yo soy su madre —la voz de Fia sonaba ronca—. No voy a permitir que te lo lleves. Encontraré la manera de evitarlo. Él me necesita.

Santo guardó silencio el tiempo suficiente para que Fia sufriera una fracción de lo que él había sufrido desde que descubrió la verdad. Luego le soltó las manos y se apartó de ella.

—Si estás tratando de impresionarme con tu dedicación maternal, no pierdas el tiempo. Tienes contratada a una niñera.

Fia dio un paso atrás con expresión confundida.

—¿Qué tiene que ver Gina en esto?

—No cuidas tú misma de él.

—Claro que sí —sus ojos reflejaban dolor—. Y hay razones para que tenga una niñera. Así puedo...

—No tienes que explicarte. Cuidar de un niño a tiempo completo es una experiencia muy exigente. Un niño pequeño es agotador, como tu madre descubrió. Ella decidió no hacerlo. Yo te estoy dando la oportunidad de hacer lo mismo.

Fia abrió los ojos de par en par.

–No entiendo lo que me dices.

–Estoy diciendo que asumo la responsabilidad completa de Luca.

–¿Me... me estás amenazando con quitarme a mi hijo?

–Te lo estoy ofreciendo –corrigió Santo mirándola de cerca–. Y, si quieres verle, por supuesto podemos arreglarlo. Así podrás recuperar tu vida. Y como estoy dispuesto a incentivar el acuerdo con una generosa cantidad económica, será una vida muy cómoda. Es una buena oferta. Acéptala. No tendrás que volver a trabajar nunca.

Fia se llevó las manos a las mejillas y soltó una carcajada amarga.

–Tú no sabes nada de mí, ¿verdad? Quiero a mi hijo, y si has pensado por un momento que te lo entregaría fueran cuales fueran las circunstancias, entonces no sabes con quién estás tratando –dejó caer las manos y apretó los puños–. Haría cualquier cosa por proteger a mi hijo.

Sin inmutarse por la furia de sus ojos, Santo asintió.

–Tu madre hubiera tomado el dinero y se habría marchado. Dice mucho a tu favor que no hagas lo mismo.

–Entonces, ¿esto era una especie de prueba? –Fia gimió–. Eres un enfermo, ¿lo sabías?

–Está en juego el futuro de nuestro hijo. Haré cualquier cosa para protegerlo. Y, si para eso tengo que ofenderte, lo haré también.

–No soy como mi madre –aseguró ella cruzándose de brazos–. Yo nunca abandonaría a Luca.

–En ese caso buscaremos otra solución –y solo se le ocurría una.

–¿Crees que no he intentado buscarla? –su tono desgarrado era una muestra de su desesperación–. No existe solución. No quiero que Luca esté en medio de nosotros y absorba todos los malos sentimientos que hay entre nuestras familias. Ha crecido en una atmósfera de felicidad y de paz.

—Me resulta imposible creer eso conociendo a tu abuelo.

—Mi abuelo ha aceptado mis normas. Desde el momento en que nació Luca insistí en que, si se mencionaba el apellido Ferrara en nuestra casa, tenía que hacerse de manera positiva. No quería que mi hijo creciera en el mismo ambiente envenenado que yo.

Santo alzó las cejas genuinamente sorprendido.

—¿Y cómo conseguiste ese milagro?

—Le amenacé con llevarme a su nieto lejos si no accedía a mis términos.

La sorpresa dio paso al impacto. Así que era más fuerte de lo que parecía.

—Tú te someterás a la misma regla —continuó Fia—. No hablarás mal de mi familia delante de Luca, y lo sabré porque ahora mismo es una grabadora que repite todo lo que oye.

Impresionado por su negativa a verse envuelta en las hostilidades de los Baracchi y los Ferrara, Santo se tomó su tiempo antes de responder.

—En primer lugar, los malos sentimientos están en vuestro lado —aseguró con voz pausada—. Nosotros hemos intentado varios acercamientos que han sido rechazados sin excepción. En segundo lugar, serás testigo de todo lo que digo porque estarás delante. En tercer lugar, nuestras familias van a fusionarse, así que esto deja de ser relevante.

—¿Fusionarse? —Fia se apartó nerviosamente el pelo de la cara—. ¿Lo dices porque Luca es de los dos?

—Lo digo porque tengo intención de casarme contigo.

Se hizo el silencio en la habitación, y durante un instante Santo se preguntó si le habría oído. Entonces ella emitió un extraño sonido gutural y dio un paso atrás.

—¿Casarme contigo? —murmuró en un susurró—. Debes de estar de broma.

—Disfruta del momento, cariño. Hasta ahora las mujeres han esperado en vano que les pidiera matrimonio.

Fia parecía haber sufrido un grave shock.

—¿Te estás declarando?

—En un sentido práctico, sí. En el romántico, no. Así que, si estás esperando a que hinque una rodilla, olvídalo.

Ella se llevó la mano al cuello y le miró como si estuviera loco.

—Aparte de que hace tres años que no nos hemos visto y que apenas nos conocemos, nuestras familias nunca lo aceptarían.

—Supongo que te refieres a la tuya, porque la mía me apoyará en cualquier decisión que tome. Eso es lo que hacen las familias. La reacción de la tuya no me interesa —se encogió de hombros con indiferencia—. Y en cuanto al hecho de que apenas nos conocemos, eso va a acabar pronto porque no voy a perderte de vista ni un instante.

Fia se acercó a la ventana caminando como si estuviera sonámbula.

—La semana pasada vi una foto tuya en la alfombra roja con una mujer del brazo. Tienes a un millón de mujeres detrás de ti.

—Entonces tienes suerte de que estuviera esperando a esa persona especial y no me haya comprometido todavía con nadie.

—No puedo aceptar tu proposición —la voz de Fia perdió algo de fuerza—. No lo necesito. Dirijo un negocio de éxito y...

—No estamos hablando de ti, sino de Luca. Si de verdad piensas en sus intereses, harás lo que es bueno para él –Santo se acercó a ella por detrás.

Fia sacudió vigorosamente la cabeza.

–No sería bueno para él tampoco.

–Lo que no es bueno es que mi hijo crezca en una familia que no conoce el significado de esa palabra –afirmó él con frialdad–. Es un Ferrara y tiene derecho a todo el amor y la seguridad que ese apellido supone. Y voy a utilizar todos los medios a mi disposición para asegurarme de que así sea.

–Estás haciendo esto para castigarme –Fia abrió los ojos horrorizada.

Sabía cuánto poder tenía. Sabía lo que podría conseguir si se empeñaba en ello.

–Luca merece crecer en una familia sólida y fuerte, aunque no espero que lo entiendas.

Otro golpe bajo. Pero Fia no se inmutó.

–Lo entiendo. Entiendo que la familia ideal es aquella que te quiere y de apoya sin condiciones. Admito que yo no la tenía, así que la he creado. Quería que Luca estuviera rodeado de gente que le quisiera y le apoyara. Y necesitaba ayuda porque quería ser capaz de mantenerle sin necesidad de apoyarme en mi abuelo.

–Es la justificación más rebuscada para tener una niñera que he oído en mi vida.

–Eres muy despectivo con las niñeras porque tú tienes tías y primas que ayudan a cuidar a los niños. Yo no tengo nada de eso, así que encontré a una joven cariñosa en la que confío. Está con nosotros desde que Luca nació, igual que Ben, porque quería que tuviera un buen modelo masculino –se mordió el labio–. Soy consciente de que mi abuelo no es fácil ni cariñoso. Nunca da abrazos. Y yo quería que Luca recibiera muchos. No tenía una familia como la tuya, pero he tratado de crear una para él.

Santo pensó en lo que había visto. En la cantidad de afecto que había presenciado en el escaso tiempo que estuvo con su hijo.

—Si eso es cierto, entonces es definitivamente un punto a tu favor. Pero ya no es necesario. Luca no necesita una familia falsa. Puede tener una de verdad.

—No estás pensando con la cabeza —afirmó Fia con sorprendente fuerza—. Mi padre se casó con mi madre porque la dejó embarazada. Soy testigo de primera mano de que ese tipo de acuerdos no funciona. ¿Y tú sugieres que nosotros hagamos lo mismo?

—Lo mismo no —aseguró él con frialdad—. Nuestro matrimonio no será como el de tus padres, eso te lo aseguro. Llevaban vidas separadas y sus hijos eran la consecuencia de su visión egoísta de la vida, por no mencionar el mal carácter Baracchi. Nuestro matrimonio no será así.

Fia se frotó la frente con los dedos y le miró con desesperación.

—Estás enfadado y no te culpo, pero, por favor, piensa en Luca. Te estás precipitando...

—¿Precipitando? —al pensar en todo lo que se había perdido de la vida de su hijo le hacía desear pegar un puñetazo a algo—. Luca tiene un tío y una tía. Primos con los que jugar. Tiene una familia entera a la que no conoce. Nunca se sentirá solo ni abandonado. Nunca tendrá que esconderse en una cabaña de pescadores porque su familia esté en crisis.

—Malnacido... —susurró.

Sus ojos eran dos profundos lagos de dolor, pero la única emoción que sentía Santo era la ira.

—Me ocultaste a mi hijo. Le arrebataste el derecho a tener una familia cariñosa y a mí me robaste algo que nunca podré recuperar. ¿Que si tengo intención de imponer mis términos a partir de ahora? Así es. Y, si eso me convierte en un malnacido, viviré encantado con ese nombre. Piensa en ello –se dirigió hacia la puerta–. Y mientras lo piensas, tengo trabajo que hacer.

Fia sacudió la cabeza.

–Necesito tiempo para decidir qué es lo mejor para Luca.

Santo abrió la puerta.

–Tener un padre y formar parte de la familia Ferrara es lo mejor para Luca. Tienes hasta esta noche para pensártelo. Y te sugiero que le cuentes a tu abuelo la verdad o lo haré yo por ti.

Capítulo 4

NO HABÍA nada más cruel que la distorsión de un sueño.

¿Cuántas veces se había quedado mirando al otro lado de la bahía envidiando la vida familiar de los Ferrara? ¿Cuántas veces había deseado formar parte de ella? No era una coincidencia que en los momentos difíciles escogiera esconderse en su cabaña, como si por el simple hecho de estar allí pudiera recibir algo de su calor.

La cabaña se convirtió en su lugar de escondite habitual. Desde allí podía observar a los Ferrara y ver las diferencias entre ellos y su propia familia. Envidiaba los picnics familiares, sus juegos en la playa.

Algunas niñas de su clase soñaban con descubrir de pronto que eran princesas. El sueño infantil de Fia era despertarse un día y descubrir que era una Ferrara, que había terminado en la familia equivocada por un fallo en el hospital.

Ten cuidado con lo que deseas.

Le dolía la cabeza por la falta de sueño, el estómago le ardía por el encuentro con Santo. Fia devolvió la mente al presente y trató de pensar en qué hacer a continuación. Tenía hasta aquella noche para encontrar la manera de decirle a su abuelo que el hombre que odiaba más que a nadie en el mundo era el padre de Luca.

Cuando hubiera solucionado aquel problema pasaría al siguiente. Cómo responder a la proposición de matrimonio de Santo. La sugerencia se le hacía completamente ridícula.

¿Qué mujer en su sano juicio accedería a casarse con un hombre que sentía lo que Santo sentía por ella?

Por otro lado, no podía culparle por luchar por su hijo cuando se había pasado la vida deseando que sus padres hubieran hecho lo mismo por ella. ¿Cómo iba a discutirle que quisiera que su hijo fuera un Ferrara si ella había formado su pequeña familia imitándoles?

Si accedía a sus condiciones, Luca crecería como un Ferrara. Tendría la vida que ella había anhelado de niña. Estaría protegido en un nido de amor y paz. Y Fia tendría que pagar un alto precio por aquel privilegio.

Tendría que formar parte también de la familia, pero a diferencia de su hijo ella nunca sería una más. Tendrían que tolerarla y estaría relegada.

Y se pasaría el resto de su vida con un hombre que no la quería. Que estaba furioso con la decisión que ella había tomado.

Eso no podía ser bueno para Luca.

Tenía que hacerle entender a Santo que nadie se beneficiaría de un acuerdo semejante.

Con la decisión tomada, llegó a la Cabaña de la Playa y encontró la cocina en plena ebullición.

—Hola, jefa, me preguntaba dónde estarías. He ido esta mañana al barco y me he llevado las gambas. Tienen un aspecto estupendo —Ben estaba colocando una caja de provisiones en la cocina—. Las he puesto en el menú. ¿*Gamberi e limone con pasta*? —captó la expresión preocupada de Fia y frunció el ceño—. Pero si prefieres otra cosa...

—Está perfecto —funcionando en automático, Fia comprobó la calidad de la fruta y las verduras que le habían llevado los proveedores locales—. ¿Han llegado los aguacates?

–Sí. Tienen muy buena pinta –Ben se detuvo con la caja apretada contra el pecho–. ¿Estás bien?

Fia no estaba preparada para hablar con nadie del asunto.

–¿Dónde está mi abuelo?

–Creo que todavía en casa –Ben frunció el ceño mirando detrás de ella–. Ha venido pronto a comer, ¿verdad? Y demasiado bien vestido.

Fia se dio la vuelca y vio a un hombre grueso vestido de traje merodeando por el restaurante.

Sintió una oleada de ira. Santo le había prometido esperar hasta aquella noche, pero ya estaba haciendo sentir su presencia.

–Tú sigue con lo tuyo, Ben –se apresuró a decir–. Yo me encargaré de esto –sacó el móvil del bolsillo y marcó mientras andaba–. Póngame con Ferrara. Me da igual que esté reunido. Dígale que soy Fia Baracchi. Ahora mismo.

La adrenalina le corría por las venas. Unos instantes después escuchó su voz masculina al otro lado del teléfono.

–Más te vale que sea importante.

–Tengo a un hombre que parece sacado de una película de la mafia merodeando por mi restaurante.

–Bien. Eso significa que está haciendo su trabajo.

–¿Y cuál es exactamente su trabajo?

–Está a cargo de la seguridad del Grupo Ferrara. Tiene una misión importante.

–¿Una misión importante?

–Utiliza la cabeza, Fia.

Por el tono cortante, se dio cuenta de que había gente delante y no quería propagar sus asuntos personales. Pronto todo el mundo sabría que Santo Ferrara tenía un hijo, pensó angustiada. Y cuando eso ocurriera...

–Quiero que se vaya de aquí. Asustará a mis clientes.

–El bienestar de tus clientes no es asunto mío.

Fia utilizó la única carta que podía influirle.

–Va a asustar a Luca.

–Luigi es un padre de familia al que se le dan muy bien los niños. Y forma parte de nuestro acuerdo. Tú ve a cumplir tu parte. Díselo a tu abuelo o lo haré yo. Y no vuelvas a llamarme a menos que sea urgente.

Colgó, y Fia se acercó al hombre. Estaba furiosa y se sentía tan impotente como un pez atrapado en una red.

–En dos horas tendré el restaurante lleno de clientes. No quiero que piensen que hay algún problema.

–Mientras yo esté aquí no habrá ningún problema.

–No quiero que esté aquí –Fia tragó saliva–. Mi hijo ha llevado una vida muy tranquila hasta ahora. No quiero que se asuste.

Esperaba que el hombre discutiera, que mostrara la misma rigidez que su arrogante jefe. Pero para su sorpresa, la miró con simpatía.

–Estoy aquí solo para protegerle. Si encontramos la manera de ser discretos, a mí me parece bien.

Fia alzó la barbilla en gesto desafiante.

–Puedo proteger a mi propio hijo.

–Sé que lo cree –afirmó Luigi en voz baja–. Pero no es solo hijo suyo.

Desgraciadamente, el padre de Luca era uno de los hombres más poderosos de Sicilia, y aquello le convertía en blanco potencial para todo tipo de hombres sin escrúpulos.

–¿Corre un peligro real?

–Con la seguridad que tiene Santo Ferrara, no. Deme un minuto para pensar en esto –miró hacia el restaurante–. Podemos pensar en algo para que todo el mundo esté contento.

La respuesta fue tan inesperada que Fia sintió un nudo de emoción en la garganta.

–¿Por qué está siendo tan amable?

–Usted le dio trabajo a mi sobrina el verano pasado cuando tuvo problemas en casa –su voz sonaba neutra–. No tenía ninguna experiencia, pero usted la contrató.

–¿Sabina es su sobrina?

–La hija de mi hermana –Luigi se aclaró la garganta–. ¿Por qué no me da la silla de la esquina del restaurante? Moveré la mesa de un modo que me funcione y tardaré mucho en comer. Así me mezclaré con los clientes y nadie se dará cuenta de nada.

A Fia le pareció razonable.

–Puede sentarse en esa mesa. Y estaría bien que se quitara la chaqueta. Aquí somos muy informales, sobre todo a la hora de la comida.

–*Mamma!* –Luca entró corriendo en el restaurante y se abrazó a su madre, mirando a Luigi con curiosidad.

–Este es Luigi –dijo ella con voz ronca–. Y va a comer hoy con nosotros en el restaurante.

Luigi le guiñó un ojo a Luca y se dispuso a reacomodar las mesas mientras Fia volvía al trabajo.

La hora de la comida se transformó en una noche de locura en la que apenas salió de la cocina. Tuvo tiempo de ir a ver cómo estaba su abuelo un instante, pero no para embarcarse en una conversación que iba a ser dura. No pensaba en otra cosa mientras preparaba la cena, era muy consciente de que se le estaba acabando el tiempo.

Cuando Gina y Ben se marcharon y todo quedó en silencio, Fia estaba hecha un manojo de nervios. Preparándose para la guerra, entró en la cocina para terminar con los preparativos para el día siguiente y vio la frágil figura de su abuelo tirada en el suelo.

–*Nonno!* Oh, Dios, por favor, no... –cayó a su lado de rodillas y le agitó el hombro con manos temblorosas–. Háblame...oh, Dios, no me hagas esto...

–¿Respira? –dijo Santo a su espalda mientras cruzaba con fuerza la cocina. Tenía el teléfono en la mano y estaba dando instrucciones rápidas–. He llamado a emergencias. Van a enviar un helicóptero –se acercó al hombre y le puso los dedos en el cuello–. No hay pulso.

Incapaz de pensar con propiedad, Fia tomó la mano de su abuelo y se la acarició.

–*Nonno*...

–No puede oírte. Tienes que echarte a un lado para que pueda proceder a reanimarle.

Fia escuchó unos pasos corriendo y Luigi apareció en la cocina con una caja pequeña.

–Tenga, jefe.

–Desabróchale la camisa, Fia –le pidió Santo abriendo la caja y encendiendo un botón.

–¿Qué estás haciendo? –preguntó ella desabrochándole la camisa con dedos temblorosos.

Santo murmuró algo entre dientes, le apartó las manos y abrió la camisa de su abuelo de un fuerte tirón.

–Apártate –quitó la protección de dos cables acolchados y presionó con ellos sobre el pecho de su abuelo.

Había tomado el control como siempre hacían los Ferrara, pensó Fia aturdida. Sin vacilar.

–¿Sabes utilizar ese cacharro?

–Es un desfibrilador. Y sí, sé como utilizarlo –ni siquiera la miró. Tenía toda la atención en su abuelo mientras una voz daba instrucciones desde la máquina.

Poco después llegaron los servicios de emergencia. Hubo mucha actividad mientras estabilizaban a su abuelo y se lo llevaban rápidamente en helicóptero. Y durante todo el proceso Santo mantuvo la calma y se encargó de todo: de llamar a un cardiólogo importante y quedar con él en el hospital y de acomodarlos a ella y a Luca, que no se despertó a pesar del jaleo, en el todoterreno de Luigi.

Fue Santo el que condujo, y por una vez Fia agradeció la tendencia de los sicilianos a correr. Hicieron el trayecto en silencio y cuando se detuvo en la puerta de urgencias se quedó un instante allí sentado agarrando con fuerza el volante. Fia se desabrochó el cinturón.

—No te dejarán estar con él por ahora, así que no tiene sentido salir corriendo. Puedes quedarte aquí un rato esperando —Santo apagó el motor. Tenía una expresión adusta—. La espera es la peor parte.

Fia recordó que su padre había muerto repentinamente de un ataque al corazón.

—Tengo que darte las gracias —murmuró—. Por traerme y por los primeros auxilios. Me alegro de que llegaras en aquel momento, aunque no sé qué estabas haciendo allí...

Y de pronto se dio cuenta. Había ido a cumplir con la amenaza de contárselo a su abuelo.

—Al parecer no se ha tomado bien la noticia —dijo él.

—No se lo había contado. Iba a hacerlo y al entrar le vi ahí en el suelo. ¿Cómo es que tienes una de esas máquinas?

—¿El desfibrilador? Lo tenemos en todos nuestros hoteles. Uno en recepción y otro en el gimnasio. A veces también en el campo de golf. Nuestro personal está entrenado para utilizarlo. Nunca se sabe cuándo podrían salvar una vida.

Hubo algo en su tono de voz que la llevó a mirarle más detenidamente, pero su perfil no revelaba lo que estaba pensando.

—Santo...

—Pensándolo mejor, ¿por qué no vamos a ver si alguien puede contarnos algo? —Santo abrió la puerta y frunció el ceño al darse cuenta de que Luca estaba dormido—. No hay necesidad de despertarle. Luigi puede quedarse con él y avisarnos cuando se despierte.

Se acercó al Lamborghini que había llevado Luigi y tras hablar con él, el hombretón se sentó al lado de Luca.

–No se preocupe. En cuando el pequeño mueva un músculo la llamaré.

Dividida en sus responsabilidades, Fia permitió que Santo la guiara hacia urgencias.

Cuando atravesaron las puertas de cristal de la entrada le escuchó respirar con dificultad. Le miró de reojo y vio la tensión en sus anchos hombros. Ahora estaba segura de que estaba pensando en su padre. No conocía los detalles, solo que fue de repente y que resultó devastador para la familia Ferrara. Santo estaba en el colegio, y su hermano mayor, Cristiano, en la universidad en Estados Unidos.

Y ahora Santo estaba otra vez en un hospital por culpa de las circunstancias. La entrada de un Ferrara en el hospital fue suficiente para que el personal entrara en ebullición. El cardiólogo había reunido a su equipo y quedaba claro por el nivel de actividad que no se iban a escatimar esfuerzos para salvar a su abuelo.

Fia recordó con tristeza que su hermano había sentido celos de la habilidad de los ricos y poderosos hermanos Ferrara para abrir puertas con solo una mirada. Lo que no entendía era que se habían ganado el estatus y la riqueza trabajando duro. No exigían el respeto de los demás, se lo habían ganado.

Y en aquel instante Fia estaba agradecida de su poder y su influencia. Significaba que su abuelo estaba siendo atendido por los mejores.

La conversación con el cardiólogo fue breve, pero bastó para confirmar sus sospechas. Su abuelo estaba vivo gracias a la intervención de Santo. Aquella certeza añadió confusión a su cerebro. No quería estar en deuda con él, pero al mismo tiempo una parte de ella se sentía orgullosa de que el padre de su hijo hubiera salvado una vida.

Les llevaron a una salita reservada para los familiares, y aquel ambiente impersonal y clínico acrecentó su sensación de desolación. Tal vez Santo lo sintiera también porque no se sentó, se quedó de pie dándole la espalda y mirando por la ventana hacia la ciudad.

Fia esperó a que se marchara, pero al ver que no lo hacía, la buena opinión que tenía sobre él empezó a resquebrajarse. El resentimiento fue creciendo a cada segundo que pasaba.

—No tienes por qué quedarte. No estará en posición de escucharte durante un tiempo.

Santo se dio la vuelta.

—¿Crees que me he quedado para poder darle la noticia? ¿Tan inhumano crees que soy?

La ferocidad de su tono de voz la sobresaltó.

—Di por hecho que... entonces, ¿por qué estás aquí?

Él la miró con ojos incrédulos.

—¿Tienes más familia para que te apoye?

Sabía que no. Aparte de su hijo, lo que quedaba de su familia estaba ahora luchando por sobrevivir en la unidad de cuidados intensivos.

—No necesito apoyo.

—El hombre con el que has vivido toda vida está al otro lado de aquellas puertas luchando por su vida, ¿y dices que no necesitas apoyo? —Santo se pasó la mano por la nuca y luego la miró a los ojos—. Tal vez te enfrentaras así antes a los momentos duros, pero ya no va a ser así, eso tenlo por seguro. No voy a dejarte aquí sola. A partir de ahora estaré a tu lado en los momentos importantes de la vida: nacimientos, muertes, la graduación de nuestros hijos... y también para los menos importantes. Así somos los Ferrara cuando tenemos una relación. Así va a ser nuestra relación, querida.

La palabra «relación» le recordó a Fia que, si su abuelo sobrevivía, tendría que darle la noticia. Y si no sobrevivía...

Sintió una punzada en el corazón.

—Tu presencia aquí no me ayuda, Santo. Me añade más estrés porque sé que estás esperando el momento adecuado para decírselo —de pronto sintió la necesidad de salir de allí, de estar lejos de la fuerza de su presencia—. Tengo que ir a ver cómo está Luca.

—Sigue dormido. En caso contrario Luigi me habría llamado. Confío en él.

—No es una cuestión de confianza. Luca no le conoce, no quiero que se despierte y se encuentre en un sitio desconocido. Se va a asustar.

Santo frunció el ceño y estaba a punto de contestar cuando se abrió la puerta y entró el médico.

El pánico se apoderó de Fia.

—¿Cómo está mi abuelo? ¿Está...?

—Tenía una arteria coronada obstruida. Sin un tratamiento rápido no estaría aquí. Sin duda el uso del desfribilador fue lo que le salvó la vida.

El médico siguió hablando sobre angioplastias y futuros factores de riesgo, pero lo único que Fia escuchó fue que su abuelo seguía vivo. Era Santo quien hacía las preguntas relevantes, quien hablaba de posibles tratamientos. Y ella se lo agradecía porque su cerebro parecía funcionar a cámara lenta.

Finalmente todas las preguntas quedaron contestadas y el médico asintió.

—Normalmente me negaría a que le viera porque necesita descansar, pero está claro que hay algo que le está provocando estrés. Está muy nervioso y necesita que le tranquilicen.

—Por supuesto —Fia se dirigió a toda prisa hacia la puerta, pero el médico la detuvo.

–Por quien ha preguntado es por Santo. Fue muy claro. Su abuelo quiere ver a Santo Ferrara.

Fia sintió que le temblaban las rodillas y miró a Santo horrorizada.

–¡No! Verte a ti le causará mucha angustia.

–Ya está angustiado. Al parecer hay algo que necesita decir –les dijo el médico–. Así que creo que sería de ayuda para él. Pero que sea breve y que no se estrese.

Santo iba a decirle que Luca era hijo suyo. ¿Cómo no iba a estresarse?

Sin tener al parecer ninguna de sus dudas, Santo cruzó la puerta.

–Vamos allá.

Fia salió corriendo tras él.

–No, por favor –mantuvo el tono de voz bajo–. Por favor, no se lo digas todavía. Espera a que esté más fuerte –estuvo a punto de tropezar al tratar de seguirle el paso.

¿Por qué había pedido su abuelo verle? En su estado no podía saber que Santo le había salvado la vida.

Entró en la sala y contuvo al aliento al ver las máquinas y los cables que rodeaban la frágil figura de su abuelo.

Durante un instante no fue capaz de moverse y luego sintió una mano cálida y fuerte sobre la suya y un apretón tranquilizador. Se distrajo ante la experiencia nueva que suponía sentirse consolada.

Y entonces escuchó un sonido en la cama y vio cómo su abuelo abría los ojos. Y se dio cuenta de que el contacto de Santo no era para consolarla, sino para manipularla.

Apartó al instante la mano.

–*Nonno* –trató de mirarle a los ojos para tranquilizarle, pero su abuelo no la estaba mirando a ella. Estaba mirando a Santo.

Y Santo no apartó la vista ni parecía en absoluto incómodo.

–Nos has dado un buen susto –murmuró acercándose a la cama con seguridad.

–Ferrara –la voz de su abuelo sonaba débil y temblorosa–. Quiero saber cuáles son tus intenciones.

Se hizo un largo silencio y Fia le dirigió a Santo una mirada suplicante, pero él no la estaba mirando. Dominaba la sala. El poder de su cuerpo atlético suponía un cruel contraste con la fragilidad del hombre que estaba en la cama.

–Tengo la intención de ser un padre para mi hijo.

El tiempo se detuvo. Fia no podía creer que hubiera dicho aquello.

–¡Ya era hora! –los ojos de su abuelo brillaron con furia en su pálido rostro–. Llevo años esperando que hagas lo correcto. Ni siquiera me estaba permitido pronunciar tu hombre –miró a Fia y luego tosió débilmente–. ¿Qué clase de hombre deja embarazada a una mujer y la deja sola?

–Un hombre que no lo sabía –respondió Santo con frialdad–. Pero que ahora pretende rectificar ese error.

Fia apenas oyó la respuesta. Estaba mirando fijamente a su abuelo.

–¿Qué? –le espetó él–. ¿Creías que no lo sabía? ¿Por qué crees que estaba tan enfadado con él?

Ella se dejó caer en la silla más cercana.

–Bueno, por...

–Creías que era por ese estúpido trozo de tierra. Y por tu hermano –su abuelo cerró los ojos–. No le culpo por eso. Me he equivocado en muchas cosas. En muchas. Ya está, ya lo he dicho. ¿Contenta?

Fia sintió que se le encogía el corazón.

–No deberías estar hablando de esto ahora. No es el momento.

–Siempre tratando de suavizar las cosas. Siempre buscando que todo el mundo se quiera y se lleve bien. No la pierdas de vista, Ferrara, o convertirá a tu hijo en una nenaza.

Su abuelo empezó a toser mucho y Fia llamó al timbre. La habitación se llenó de personal en un instante, pero él los echó a todos con impaciencia. Seguía teniendo la mirada clavada en Santo.

–Solo hay una cosa que quiero saber antes de que me inyecten más medicina y me quede grogui –murmuró con voz ronca–. Quiero saber qué vas a hacer ahora que lo sabes.

Santo no vaciló.

–Voy a casarme con tu nieta.

Capítulo 5

ODIABA los hospitales.

Santo apretó la taza de plástico con la mano y la dejó caer en la papelera. El olor a antiséptico le recordaba la noche en que su padre murió, y durante un instante se vio tentado a darse la vuelta sobre los talones y salir de allí.

Pero entonces pensó en Fia, que hacía guardia vigilando a su abuelo hora tras hora. Todavía estaba furioso con ella. Pero no podía acusarla de no ser leal a su familia. Y no podía dejarla sola en aquel lugar.

Maldiciendo entre dientes. Santo se dirigió a la unidad coronaria de cuidados intensivos que tan malos recuerdos le traía. Ella estaba sentada al lado de la cama con aquellos ojos verdes clavados en el anciano como si quisiera transmitirle energía por la mirada.

Nunca había visto una figura tan solitaria en su vida.

O tal vez sí, pensó con tristeza al recordar la primera vez que la vio en la cabaña de pescadores. Algunas personas buscaban automáticamente compañía humana cuando estaban tristes. Fia había aprendido a sobrevivir sola.

—¿Qué tal está?

—Le han dado un sedante y algo más, no sé qué. Dicen que las veinticuatro primeras horas son cruciales —tenía los delicados dedos entrelazados con los de su abuelo—. Si se despierta, se enfadará porque le esté tomando la mano. Nunca ha sido cariñoso.

Santo se dio cuenta entonces de que la vida de aquella mujer giraba en torno al hombre que estaba en la cama y al niño dormido en el coche.

—¿Cuándo comiste por última vez?

—No tengo hambre —Fia no apartó la mirada de su abuelo—. Voy a ir a ver cómo está Luca.

—Acabo de ir a verle. No se ha movido. Luigi y él están dormidos.

—Le traeré aquí y le acomodaré en esa butaca. Tú puedes irte a casa. Vendrá Gina y tengo que llamar a Ben para pedirle que me cubra mañana.

Santo sintió una irracional oleada de rabia.

—No hace falta. Ya he arreglado eso. Mi equipo se ocupará de llevar la Cabaña de la Playa por el momento.

Fia se puso tensa.

—¿Te estás aprovechando de la situación para hacerte con el control de mi negocio?

Santo se contuvo.

—Tienes que dejar de pensar como una Baracchi. Esto no es una cuestión de venganza. No quiero quedarme con tu negocio, solo quiero asegurarme de que siga en pie cuando vuelvas a casa. Pensé que no querrías dejar la cabecera de tu abuelo para cocinar calamares para unos desconocidos.

Fia palideció.

—Lo siento —volvió a dirigir la mirada hacia su abuelo—. Te lo agradezco. Es que di por hecho que...

—Deja de dar cosas por hecho —su fragilidad le descolocaba. Y no era lo único que le resultaba incómodo. La respuesta de su cuerpo resultaba igualmente perturbadora. Lo que sentía era completamente inadecuado dada la situación—. Ya no puedes hacer nada más aquí por esta noche. Tu abuelo se va a dormir y, si te vienes abajo, no servirá de ayuda para nadie. Nos vamos. Le diré al personal que me llamen si hay algún cambio.

–No puedo marcharme. Si algo ocurriera, estaría demasiado lejos de aquí para volver.

–Mi apartamento está solo a diez minutos. Si ocurre algo, yo te traeré. Si nos vamos ahora, todavía podrás dormir un poco y mi hijo se despertará en una cama.

Había estado tratando de no pensar en aquel lado de las cosas, dejando a un lado sus sentimientos para mantener el equilibrio en una situación que solo podía describirse como difícil. Tal vez fuera la lógica del argumento o la utilización de la expresión «mi hijo». En cualquier caso, Fia dejó de discutir y salió con él hacia el coche.

Diez minutos más tarde Luca estaba acostado en el centro de una inmensa cama doble en una de las habitaciones libres.

Santo observó cómo Fia colocaba unos cojines en el suelo al lado de la cama.

–¿Qué estás haciendo?

–A veces se gira. No quiero que caiga sobre el suelo de cerámica –murmuró ella–. ¿Tienes un intercomunicador para bebés?

–No. Deja la puerta entreabierta, así podremos oírle si se despierta –Santo salió de la habitación.

Fia le siguió recorriendo todos los detalles del apartamento con la mirada.

–¿Vives solo?

–¿Crees que tengo mujeres escondidas debajo del sofá?

–Solo digo que es muy grande para una sola persona.

–Me gusta el espacio y las vistas. Los balcones dan a la parte antigua de la ciudad. ¿Qué te preparo de comer?

–Nada, gracias –cansada y tensa, Fia se acercó a las puertas que daban al balcón y las abrió–. ¿No las tienes cerradas?

–¿Te preocupa mi seguridad?

–Me preocupa la seguridad de Luca –mordiéndose el labio, se asomó y deslizó el dedo por la barandilla de hierro–. Esto es un auténtico peligro. Luca tiene dos años. Su pasatiempo favorito es trepar. Se sube a todo lo que encuentra. Vamos a tener que cerrar con llave las puertas de los balcones.

Fia estaba siendo brusca, pero cuando pasó por delante de él, Santo aspiró el aroma de su cabello. Siempre olía a flores.

Molesto consigo mismo por dejarse distraer tan fácilmente, Santo la siguió al interior del apartamento. Esta vez Fia clavó la mirada en el enorme salón que formaba el eje central del lujoso apartamento.

–No te preocupes por el bienestar de mis sofás blancos. Mi sobrina ya ha derramado sobre ellos todo tipo de sustancias. No me importa. La gente es más importante que las cosas.

–Estoy de acuerdo. Y no estoy pensando en tus sofás, sino en Luca. Concretamente en el escalón que rodea el salón. Es una trampa para un niño que está empezando a andar. Se va a caer.

Santo alzó las manos en gesto de rendición.

–Así que este lugar no está hecho para un niño, lo acepto. Ya lidiaré con ello.

–¿Cómo? No puedes cambiar el apartamento, ¿verdad?

–Si es necesario, lo haré. Y mientras tanto le enseñaré a tener cuidado con el escalón.

Santo trató de ocultar su exasperación. Por muy enfadado que estuviera, era consciente de que Fia acababa de vivir las veinticuatro horas más estresantes de su vida, y sin embargo no había mostrado ninguna emoción. Estaba aterradoramente tranquila. La niña pequeña que se había negado a derramar una lágrima se había convertido en una mujer con la misma restricción emocional. La única señal de que estaba sufriendo era la rígida tensión de sus estrechos hombros.

—¿Siempre eres así? No me extraña que Luca sea un manojo de nervios viviendo contigo.

—Primero me acusas de no cuidar bien de tu hijo y luego de ocuparme demasiado de él. Ponte de acuerdo —Fia agarró un fino jarrón de cristal y lo subió a un estante más alto.

—No te estoy acusando de nada. Solo digo que estás exagerando.

—Tú no tienes ni idea de lo que es vivir con un niño que empieza a andar.

Sus palabras hicieron estallar algo dentro de él.

—¿Y de quién es la culpa? —Santo se dirigió hacia la cocina para no decir algo de lo que luego pudiera arrepentirse.

—Lo siento —dijo la voz de Fia desde el umbral.

—¿Qué sientes? —Santo abrió un armarito—. ¿Haber mantenido a mi hijo lejos de mí o dudar de mi capacidad como padre?

—No dudo de tu capacidad. Solo estaba señalando los peligros que puede tener un niño de esa edad en un apartamento de soltero.

Fia tenía un aspecto imposiblemente frágil allí de pie con el cabello cayéndole en suaves ondas sobre los hombros. Santo no quería sentir nada más que ira, pero era consciente de que sus sentimientos resultaban mucho más complicados. Sí, la ira estaba allí, y también el dolor. Y con ellos se mezclaba algo mucho más difícil de definir pero igual de poderoso.

—Tenemos que comer, Fia —dijo sacando unos platos—. ¿Qué te preparo?

—Nada, gracias. Creo que me voy a ir a acostar. Dormiré con Luca. Así no se asustará cuando se despierte.

Santo colocó un trozo de pan fresco en el centro de la mesa.

—¿Quién está asustado, querida, él o tú? —la miró con intención—. ¿Crees que, si no duermes en su cama, tendrás que dormir en la mía?

Fia clavó sus ojos verdes en él y se le sonrojaron las mejillas. Santo se acercó a la nevera, abrió la puerta y pensó que debería meter todo el cuerpo dentro. Le daba la sensación que aquella sería la única manera de enfriarlo. Sacó un plato de queso de oveja con aceitunas y lo puso sobre la mesa.

—Come —le ordenó.

—Ya te he dicho que no tengo hambre.

—Tengo por norma resucitar solo una persona al día, así que come a menos que quieras que te alimente por la fuerza —cortó una trozo de pan, añadió el queso, puso por encima una cuentas aceitunas y empujó el plato hacia ella—. Y no me digas que no te gusta. De las pocas cosas que sé de ti es que te gusta el queso de oveja.

Fia frunció ligeramente el ceño mientras miraba el plato y luego otra vez a él.

Santo suspiró.

—Cuando te escondías en la cabaña de pescadores siempre llevabas la misma comida.

—No quería tener que volver a casa para comer.

—No querías volver a tu casa para nada.

—Es verdad —Fia se rio con tristeza y apartó el plato—. Esto es ridículo, ¿no te parece? Lo único que tú sabes de mí es que me gusta el queso de oveja con aceitunas, y lo único que yo sé de ti es que te gustan los deportivos y rápidos. Y aun así estás sugiriendo que nos casemos.

—No lo estoy sugiriendo. Insisto en que nos casemos. Tu abuelo lo aprueba.

—Mi abuelo está chapado a la antigua, yo no —le miró

a los ojos–. Dirijo un negocio de éxito. Puedo mantener a mi hijo. No ganaríamos nada casándonos.

–Luca ganaría mucho.

–Viviría con dos personas que no se quieren. ¿Qué tiene eso de bueno? Me estás castigando porque estás enfadado, pero al final serás tú quien acabe sufriendo. No somos compatibles.

–Sabes que somos compatibles en lo que importa –aseguró Santo con voz ronca–. En caso contrario no nos veríamos en esta situación.

A Fia se le sonrojaron las mejillas.

–Tal vez seas siciliano, pero eres lo bastante inteligente como para no pensar que un matrimonio solo necesita buen sexo.

Santo se sentó frente a ella.

–Supongo que debería estar agradecido de que al menos reconozca que fue sexo del bueno.

–Es imposible hablar contigo.

–Al contrario, es muy fácil. Digo lo que pienso, y eso ya es más de lo que tú haces. No toleraré el silencio, Fia. El matrimonio es compartir. Todo. No quiero una mujer que no comparta sus sentimientos, así que dejemos esto claro desde el principio. Lo quiero todo de ti. Todo lo que eres me lo vas a dar.

Estaba claro que Fia no esperaba aquella respuesta por su parte porque palideció.

–Si eso es lo que quieres, entonces está claro que necesitas una mujer diferente.

–Tú te has forzado a ser así. De ese modo has sobrevivido y te has protegido a ti misma. Pero en el fondo no eres así. No me interesa la dama de hielo. Lo que quiero es la mujer que tuve en mi cabaña aquella noche.

–Esa no era yo –murmuró Fia.

—Claro que sí. Durante unas horas perdiste el control de la persona que has construido. Era tu verdadero yo, Fia. Lo que es fingido es el resto.

—Aquella noche fue todo una locura —Fia se retorció las manos—. No sé cómo empezó, pero sí sé cómo terminó.

—Terminó cuando tu hermano me robó el coche y se estrelló contra un árbol —Santo confiaba en que el enfoque directo la sacaría de su rígido control, pero ni siquiera aquel brusco comentario penetró el muro que había construido a su alrededor.

—Era demasiado rápido para él. Nunca había conducido nada semejante antes.

—Ni yo tampoco —afirmó Santo con frialdad—. Me lo habían entregado dos días antes.

—Qué comentario tan tremendamente insensible y falto de tacto.

«Entonces demuestra alguna emoción».

—Tan insensible y falto de tacto como la implicación de que yo fui en cierto modo responsable de su muerte.

Se hizo un incómodo silencio.

—Yo nunca he dicho eso.

—No, pero lo has pensado. Y tu abuelo también. Dices que no me conoces, así que te voy a decir algo sobre mí. No se me dan bien los trasfondos ni la gente que oculta lo que piensa, y desde luego no voy a alimentar esa maldita rencilla con la que los dos hemos crecido. Termina aquí y ahora —aseguró con determinación—. Y, si lo que me has dicho esta mañana es verdad, supongo que tú también quieres lo mismo.

—Por supuesto. Pero podemos acabar con ese rencor sin necesidad de casarnos. Hay muchas formas de ser familia.

—Para mí no. Mi hijo no crecerá yendo de un padre a otro. Nunca hemos hablado de esa noche, así que hagámoslo ahora. Quiero que me digas lo que piensas con sinceridad. Me culpas de que tu hermano se llevara mi coche. Y sin embargo sabes lo que sucedió. Estaba contigo. Y teníamos otras cosas en mente, ¿no es verdad?

—Nunca te he culpado.

Santo esperó a que elaborara más la respuesta, pero por supuesto no lo hizo. Su incapacidad para atravesar sus barreras le desesperaba porque no le gustaba fallar. Apretó las mandíbulas y suspiró.

—Es tarde y has tenido una noche horrible. ¿A qué hora se despierta Luca?

—A las cinco.

Era la hora a la que él solía levantarse también para ir a trabajar.

—Si no vas a comer nada, entonces vete a la cama. Te dejaré una de mis camisas.

Una leve sonrisa rozó los labios de Fia.

—Entonces, ¿no tienes un armario lleno de camisones de seda para las invitadas que se quedan a pasar la noche? El mundo se sentiría decepcionado si lo supiera.

—No le pido a las invitadas que se queden a dormir. Pueden echar raíces con rapidez —la miró fijamente—. Por esta vez te dejo batirte en retirada. Aprovéchalo porque cuando estemos casados no podrás ocultarte. De eso puedes estar segura.

—No vamos a casarnos, Santo.

—Ya hablaremos de eso mañana. Pero mantengo todo lo que te dije en el despacho. Admiro tus esfuerzos por crear para Luca la familia que no tenías, pero mi hijo no necesita empleados pagados que cumplan con ese papel. Él tiene una familia real. Es un Ferrara, y cuanto antes lo hagamos legal, mejor para todos.

—¿De verdad? —la voz de Fia pareció recuperar fuerzas—. ¿De verdad crees que es mejor para él crecer con unos padres que no se conocen el uno al otro?

Santo apretó los labios.

–Vamos a conocernos, querida. Vamos a intimar todo lo que pueden intimar un hombre y una mujer. Voy a derribar esas barreras que has construido. Y ahora vete a dormir. Vas a necesitar estar descansada.

«Vamos a intimar todo lo que pueden intimar un hombre y una mujer».

¿Qué tenía de íntima aquella frase fría y carente de sentimiento? Santo estaba furioso. ¿Cómo pensaba que iban a llegar a alcanzar ninguna intimidad en aquellas circunstancias?

No iba a casarse con él. Sería un error. Cuando se calmara se daría cuenta. Llegarían a un acuerdo para compartir a Luca. Y tal vez pudieran pasar algo de tiempo los tres juntos. Pero no era necesario formar un vínculo legal.

La preocupación por su abuelo se mezcló con la preocupación por su hijo y Fia se acurrucó en la cama, pero no encontró descanso con el sueño. Tuvo pesadillas en las que veía a su madre acorralada en una esquina de la cocina tratando de encogerse lo más posible mientras su marido perdía el control. Y luego la vio marchándose y dejando atrás a su hija de ocho años. «Si te llevo conmigo, vendrá a buscarme». Después se vio al lado de su abuelo mientras enterraban a su padre tras el accidente de barco que le había costado la vida, sabiendo que se suponía que tenía que estar triste.

Cuando se despertó se vio sola en la cama. La punzada de miedo dio paso a un breve instante de alivio al escuchar a Luca riéndose. Entonces recordó que no estaban en casa, sino en aquella trampa mortal que era el apartamento de Santo.

Salió a toda prisa del dormitorio medio tropezándose

por las prisas para ir a buscar a su hijo, dispuesta a liberarle del peligro.

Esperaba encontrarse a Luca trepando por un armarito de la cocina o metiendo los dedos en algún aparato eléctrico de última tecnología, pero se lo encontró sentado en una de las sillas de la moderna cocina de Santo viendo cómo su padre cortaba un bizcocho en trozos.

Fia se detuvo en el umbral, aliviada y asombrada con lo que estaba viendo. Aunque fuera su padre, Santo era un desconocido para Luca. Un desconocido alto y fuerte que estaba de un humor peligroso desde que descubrió inesperadamente que tenía un hijo. Dio por hecho que esa rabia se revelaría en su interacción con el niño, pero Luca no solo parecía cómodo, sino muy entretenido y encantado con la atención masculina que estaba recibiendo junto con el desayuno.

Santo tenía el pelo mojado, lo que significaba que no hacía mucho que había salido de la ducha. Estaba descalzo y no llevaba camisa, solo unos vaqueros que se debía de haber puesto a toda prisa, incapaz de terminar de vestirse antes de que Luca exigiera su atención. Pero el cambio auténtico no estaba en su falta de ropa, sino en el modo en que se estaba comportando. No había ni rastro del intimidante hombre de negocios que se había pasado el día anterior dando órdenes. El hombre que estaba entreteniendo a aquel niño pequeño era cálido y cercano, y sonreía con indulgencia mientras le daba golpecitos a los dedos llenos de mantequilla del pequeño. Parecía como si lo hiciera todas las mañanas. Como si formara parte de su rutina diaria.

Mientras ella observaba, Santo se inclinó y besó a Luca. El niño se rio y él volvió a besarle.

Los ojos de Fia se llenaron de lágrimas y tuvo que apoyarse en el quicio de la puerta para sostenerse.

Al verles se le encogió el corazón. Luca nunca había

tenido algo así. Nunca había conocido el amor de un padre. Sí, le había rodeado de una «familia». Pero algún día Gina se marcharía, Ben se casaría y la «familia» de Luca se dispersaría.

El día anterior estaba convencida de que casarse con Santo sería perjudicial para su hijo. No veía en qué podría beneficiarle verse obligado a vivir con dos personas cuya única conexión era el hijo que tenían en común. Pero por supuesto que había un beneficio, y lo estaba viendo ahora mismo.

Si se casaban, Luca tendría a su padre. No en momentos concertados previamente, sino siempre.

Santo todavía no la había visto, le estaba hablando a su hijo en italiano. Fia contuvo la respiración cuando Luca respondió en el mismo idioma y experimentó una punzada de orgullo mezclado con algo que no supo reconocer. Se le formó un nudo en la garganta cuando Santo se inclinó para volver a besar a su hijo, indiferente a los dedos llenos de mantequilla que le agarraron del pelo.

Fia no recordaba que su padre le hubiera dado nunca un beso, desde luego su abuelo no.

–*Mamma* –Luca la había visto y extendió los brazos hacia ella.

Mientras levantaba a su hijo en brazos, Fia miró a Santo y vio un brillo en sus ojos. De pronto fue consciente de que ni siquiera se había peinado antes de entrar precipitadamente en la cocina.

Había algo inadecuado en saludarle con el pelo alborotado que le caía sobre los hombros y sin llevar puesto nada más aparte de la camisa que él le había dejado. El atuendo sugería una intimidad que no existía entre ellos, y Fia se sonrojó cuando Santo deslizó la mirada por su cuerpo y la clavó en sus piernas desnudas.

–*Buongiorno* –dijo con naturalidad, como si aquella

fuera una escena que se repitiera todas las mañanas–. ¿Hablas con Luca en italiano?

–No, mi abuelo le habla en italiano –respondió ella dejando al niño otra vez en la silla.

–Entonces yo también lo haré –aseguró Santo asintiendo–. Lo he hecho esta mañana y me ha parecido que me entendía. Es muy inteligente –miró con orgullo a su hijo mientras se levantaba.

La tela de los vaqueros se le ajustaba a las fuertes piernas y Fia vio cómo los músculos de la espalda desnuda se le marcaban cuando sacaba una taza del armarito. Todo en él resultaba inconfundiblemente masculino. Era el hombre más atractivo que había conocido en su vida, y eso hacía la situación más difícil.

Santo clavó la mirada en la suya mientras le preparaba el café. Le brillaban los ojos como si le hubiera leído el pensamiento. Desesperada por romper aquella conexión, Fia dijo lo primero que se le pasó por la cabeza.

–Me he quedado sin batería. ¿Puedo utilizar tu teléfono para llamar al hospital?

La sonrisa burlona de sus labios indicaba que sabía que no estaba pensando en teléfonos ni en hospitales. Ni tampoco él. Estar juntos en la misma habitación creaba algo tan intenso que casi se podía tocar.

–Ya he llamado –Santo le puso el café en la mesa sin preguntarle cómo lo tomaba–. Tu abuelo ha pasado buena noche. Sigue dormido. El médico estará en el hospital en media hora. Le he dicho que le veremos allí.

Fia vio cómo Lucas se bajaba de la silla y se abrazaba a las piernas de su padre. Santo le tomó en brazos.

–Ahora entiendo por qué estabas tan preocupada anoche. Es extremadamente activo.

–Pero lo manejas muy bien –se apresuró a señalar ella–. Así que puedes quedarte con él mientras yo voy al hospital —necesitaba un respiro del estrés constante que suponía estar con él.

Sobre todo necesitaba un respiro de aquel constante asalto a los sentidos. El corazón le latía con demasiada fuerza.

Santo dejó a Luca en el suelo.

—Voy a ir contigo.

—Preferiría ir sola.

—Ya lo sé —sus ojos brillaron burlones—. Preferirías ir sola a todas partes, pero no aprenderás a comportarte de forma distinta si no practicas, así que puedes empezar esta mañana. Iremos juntos.

Fia se quedó mirando la taza de café.

—¿Tienes leche? Me gusta tomar el café con leche. No es que esperara que lo supieras, porque en realidad no sabes nada de mí. Ni yo tampoco de ti. Y por eso me resulta tan ridículo todo esto.

Pero ya no lo afirmaba con el acaloramiento de la noche anterior. Ya no estaba tan segura.

—Deja de pelearte. Voy a ganar yo.

Fia suspiró.

—De acuerdo, iremos juntos. Pero tengo que llamar a Ben y pedirle que recoja a Luca.

El cambio en Santo fue instantáneo. Desapareció cualquier atisbo de humor en él y se le oscureció la mirada.

—No vas a llamar a Ben.

—No quiero que Luca esté en el hospital.

—Estoy de acuerdo. Por eso lo he arreglado para... —se detuvo cuando ambos escucharon un ruido en la entrada del apartamento.

—¿Santo? —canturreó una voz femenina. Una chica muy guapa de cabello oscuro entró con seguridad en la cocina y besó ruidosamente a Santo—. Eres un chico muy malo —ronroneó dándole una palmadita en la cara.

Fia se quedó petrificada en el sitio al ver a aquella criatura tan bella interactuar con tanta familiaridad con Santo. Y para colmo él no parecía siquiera avergonzado. Se limitó a sonreír a la joven y a besarla en ambas mejillas.

–*Ciao, bellissima.*

Herida por su falta de sensibilidad, Fia se puso de pie bruscamente y estaba a punto de agarrar a su hijo y dejarles solos cuando la mujer se giró hacia ella. Y de pronto la abrazó con efusividad.

Nadie la abrazaba nunca aparte de Luca. Se quedó rígida por el shock, pero antes de que pudiera imaginar quién era aquella mujer, la soltó y centró su atención en Luca, llenándole de besos y hablándole en italiano.

El niño parecía encantado con la atención y respondió a la mujer con gorjeos y risas. Fia quería arrancar a su hijo de los brazos de aquella mujer, que sin duda era una de las muchas amantes de Santo. Estaba a punto de hacer un comentario desagradable cuando una niña un poco mayor que Luca entró en la cocina y se agarró a las piernas de Santo.

–¡Aúpa!

–Supongo que quieres decir «aúpa, por favor», pero tus deseos son órdenes para mí –Santo subió a la niña en brazos y miró a la mujer–. Gracias por venir.

–Es un placer –la morena dejó a Luca en el suelo con un sonrisa, puso el bolso en una silla y miró a Fia–. Siento mucho lo de tu abuelo. Debes de estar muy preocupada, pero ese hospital es estupendo. Y no tienes que preocuparte por Luca. Yo cuidaré de él hasta que podáis recogerle. Estoy deseando conocerle mejor.

Fia sintió una oleada de furia. ¿Santo esperaba que dejara a su hijo con una de sus amantes?

–De ninguna manera voy a...

–Dani es mi hermana, ¿sabes? Daniela Ferrara. Aunque ahora ya no se apellida así desde que se casó con Raimondo –la interrumpió Santo dejando a la niña en el suelo–. Y esta es Rosa, su hija. La prima de Luca.

¿Prima? Fia miró asombrada a Dani, que también la miró.

–No te había reconocido –murmuró Fia.

–Oh, no, entonces habrás pensado... –Dani se encogió de hombros–. Qué horror. Por cierto, Raimondo está aparcando. Hemos pensado que sería mejor llevarnos a Luca a casa porque allí están todos los juguetes de Rosa y será más fácil –captó la mirada angustiada de Fia y sonrió–. Sé que estás pensando que no puedes dejarle con una desconocida. Yo pensaría lo mismo en tu lugar. Pero se lo va a pasar mejor con nosotros que en un hospital o aquí. El apartamento de Santo es una trampa mortal. Podéis pasar el tiempo que necesitéis en el hospital y luego ir a cenar o algo así. Algo romántico. No tengáis prisa.

–¡Dios mío, toma aire, Dani! –Santo miró a su hermana con desesperación–. Deja hablar a los demás.

–Bueno, nadie está diciendo nada –le espetó ella molesta.

–¿Acaso hemos tenido oportunidad? No sé cómo Raimondo te aguanta. Yo te habría estrangulado ya.

–Yo te habría estrangulado a ti primero –Dani se giró hacia Fia–. No dejes que te amedrente. Enfréntate a él. Es la única manera de lidiar con Santo, sobre todo cuando se pone a amenazar. Te vi alguna vez de pequeña en la playa, pero está claro que no te acuerdas de mí.

Sí que se acordaba. Pero no la había reconocido, y ahora no sabía qué decir. ¿Qué sabía Daniela? ¿Qué le había contado exactamente Santo a su familia? Tendría que haber sido un momento incómodo. Dani se inclinó para decirle algo en italiano a la niña, que miró a Luca y decidió que podía jugar con él. Así que se lo llevó al salón y dejó a los adultos a solas.

—¿Ves? Ya se han hecho amigos —Dani salió tras ellos—. Les vigilaré —una vez en la puerta les miró de reojo—. Así podréis hablar de los detalles de la boda. Una cosa, Santo: por muy precipitada que sea una boda, una mujer tiene que estar guapísima, así que deberías llevar a Fia de compras. O mejor todavía, déjame tu tarjeta y yo la llevaré porque todos sabemos que tú odias ir de compras.

La expresión de Santo pasó de irritada a peligrosa.

—Tu ayuda con Luca es bienvenida. Tu injerencia en otros aspectos de mi vida, no.

—Solo porque lo hayáis hecho en el orden incorrecto no significa que no pueda ser algo romántico —insistió Dani—. Una mujer quiere algo romántico el día de su vida. No lo olvides.

Desapareció para supervisar a los niños y Fia se quedó con la cara ardiendo.

¿Romanticismo? ¿Qué tenía de romántico que un hombre se viera obligado a casarse con una mujer que ni siquiera le caía bien?

Santo se acabó el café y dejó la taza con fuerza sobre la mesa.

—Disculpa a mi hermana —murmuró—. Todavía no ha aprendido dónde están los límites. Pero nos facilita mucho que hoy cuide de Luca.

No había absolutamente nada que pudiera facilitar aquella situación. La tensión entre ellos era como una tormenta oscura preparándose.

Santo la miró fijamente.

—Me alegro de que se haya llevado a Luca porque tenemos que hablar.

Fia pensó en los besos y los abrazos que le había

dado Santo a su hijo. Pero él interpretó su silencio como una negativa.

—Puedes poner todos los obstáculos que quieras entre nosotros —aseguró—. Los derribaré todos. Puedes decir que no de mil modos y yo encontraré mil modos de decirte que estás equivocada.

—No estoy diciendo que no.

—*Scusi?*

—Estoy de acuerdo contigo. Creo que, si nos casamos, será lo mejor para Luca —no hablaba con tono muy firme—. Anoche no estaba segura de ello, pero esta mañana os he visto juntos y bueno... Creo que sería lo mejor para él.

Oh, Dios, ya lo había dicho. ¿Y si se había equivocado?

Se hizo el silencio entre ellos.

—Entonces, ¿estás haciendo esto porque crees que es lo mejor para Luca?

—Por supuesto, ¿por qué si no?

Santo cruzó la cocina hacia ella. Fia hizo un esfuerzo por no moverse esperando que se detuviera, pero no lo hizo hasta que la tuvo acorralada contra la pared. Santo apretó las mandíbulas y puso una mano en cada lado para bloquearle la salida. Estaba atrapada en un muro de músculos duros y testosterona y como no quería mirarle clavó la vista en su pecho desnudo. Fue un error, porque todo en él le recordaba a aquella noche. No necesitaba un primer plano de su pecho para saber lo fuerte que era. Había sentido aquella fuerza.

¿Por qué diablos no se había puesto una camiseta? Sintió que el mundo se difuminaba a su alrededor. Olvidó que estaba en su cocina. Se olvidó de su abuelo en el hospital y de los grititos de alegría de su hijo, que estaba jugando en el salón. Se olvidó de todo.

El mundo se redujo a aquel hombre.

—Mírame —le ordenó Santo.

Ella alzó la vista y la mirada que compartieron abrió la puerta a algo oscuro que había enterrado en lo más profundo de su ser. Algo que no se atrevía a examinar por miedo.

Lo que sentía por él.

Se quedó mirando jadeando aquellos ojos oscuros que cambiaban de color según su estado de ánimo.

—Esto no se trata solo de Luca. Necesito que lo sepas porque no quiero a una mártir en mi cama —inclinó la cabeza colocándole la boca lo más cerca posible de la suya pero sin tocarla—. Si hacemos esto, tenemos que hacerlo bien.

Si Fia se humedecía los labios ahora, le tocaría. Y sabía lo que sentiría. Aunque habían pasado más de tres años, no lo había olvidado.

—Sí. Vamos a hacerlo bien. Tenemos... tenemos que conocernos mejor.

—Yo ya sé muchas cosas de ti —aquella boca sensual tenía la suya prisionera—. Tal vez no sepa cómo te gusta el café, pero sé otras cosas. ¿Quieres que te lo recuerde?

—No —no necesitaba que se lo recordaran. No había olvidado nada. Ni cómo sabía Santo ni cómo la tocaba. Y ahora le había abierto la puerta a aquellos recuerdos y sintió cómo se derretía, cómo el calor de su excitación se derramaba por su cuerpo.

Santo le sujetó el rostro con una mano. Eran los mismos dedos que sabía cómo volverla loca.

—¿Segura? Porque, si esto va a funcionar para Luca, tiene que funcionar también para nosotros —la boca de Santo estaba a un milímetro de la suya—. Tengo que llegar a saberlo todo de ti, sobre todo lo que ocultas. Y tú tienes que conocerme a mí entero, cariño. Entero.

Capítulo 6

DURANTE los siguientes días Fia fue testigo de toda la potencia y la fuerza de la maquinaria Ferrara. Su abuelo fue trasladado a una habitación privada para pasar la convalecencia. Su milagrosa recuperación había que atribuirla a la rápida intervención de Santo, pero también a sus asombrosas ganas de vivir. Y esas ganas de vivir, según creían los médicos, provenía de su deseo de ver a su nieta casarse. Y Santo alimentaba aquella determinación manteniéndole al día de los planes de boda... planes en los que Fia tenía muy poco que decir.

—Si tienes algún requerimiento dímelo —dijo Santo una mañana cuando volvían del hospital—. Nos casaremos en el Ferrara Spa Resort, nuestro mejor hotel. Tiene licencia para celebrar bodas y está en un enclave muy bonito, justo en la playa. Mi intención es que sea algo íntimo.

Por supuesto. No se trataba de una boda para celebrar por todo lo alto, ¿verdad?

—Me gustaría invitar a Ben y a Gina.

Santo se puso algo tenso al escuchar el nombre de Ben. Fia esperaba que se negara, pero asintió.

—Sí. Son una parte importante de la vida de Luca. Deben estar allí. Yo me encargo.

Se estaba encargando de todo. O mejor dicho, su equipo. Había sido su insistencia en que uno de sus mejores chefs se ocupara de la Cabaña de la Playa lo que le había permitido a Fia pasar con su abuelo todo el tiempo que necesitaba aquellos días. Quería enfadarse con él por haberse adueñado de la situación, pero lo cierto era que Santo había convertido un momento angustioso y terrible en lo más llevadero posible para ella. Gracias a él su abuelo se estaba recuperando, su negocio estaba a salvo y su hijo feliz.

Y cada vez que dudaba sobre su decisión no tenía más que ver cómo se portaba con Luca.

—Mi equipo ha entrevistado y contratado a tres enfermeras con excelentes referencias para que se ocupen las veinticuatro horas de tu abuelo cuando esté en casa —Santo se manejaba entre el tráfico con la pericia de un siciliano nativo—. Trabajarán por turnos para que tu abuelo nunca esté solo.

—No puedo permitirme esos cuidados.

—Pero yo sí. Y soy el que voy a pagarlos.

—No quiero tu dinero. Puedo cuidar yo misma de él.

—Aunque no fueras a casarte conmigo, sería una idea insostenible. No puedes cuidar de un niño, llevar un negocio y ser enfermera a tiempo completo.

—Mucha gente lo hace.

—Según mi experiencia, la gente que lo hace todo se pone en peligro de sufrir una crisis nerviosa —Santo le tocó el claxon al coche que se había detenido delante de él para que bajara una persona—. Quiero una esposa, no un saco de nervios, así que contrataremos la ayuda adecuada y así te quedará energía para las partes importantes.

—Supongo que por «partes importantes» te refieres a tu cama.

—Aunque te parezca extraño, no me refería a eso. Estaba hablando de la energía necesaria para cuidar de un niño pequeño. Pero sí, el sexo también te va a tener ocupada. Soy un hombre exigente, cariño. Tengo necesidades —el motor rugió cuando adelantó al otro coche cambiando de marcha—. Y, si vas a satisfacer esas necesidades, tendrás que dormir mucho.

Fia tenía la sensación de que la estaba provocando, pero no le conocía lo suficiente como para estar segura. Solo había utilizado palabras y sin embargo el deseo apareció con tal fuerza que la sobresaltó. Nunca se había sentido así con ningún otro hombre y no quería sentirlo con este.

Como no quería pensar en sexo, cambió de tema hacia algo que él había comentado antes.

—Te has olvidado de algo. No me has hecho firmar ningún acuerdo prematrimonial.

Santo se rio.

—No vamos a necesitarlo.

—No estés tan seguro. Eres un hombre muy rico. ¿No te da miedo que te quite hasta el último penique?

—Un acuerdo prematrimonial solo es necesario en caso de divorcio. Yo soy muy tradicional. Creo que el matrimonio es para siempre. No nos vamos a divorciar.

—Tal vez sí lo hagas. Quizá no encuentres muy entretenido estar casado conmigo.

—Siempre y cuando te centres en un entretenimiento en particular todo irá bien.

Fia decidió que la estaba provocando y le miró.

—Si te interesa tanto el sexo, ¿cómo puedes estar seguro de que el matrimonio es lo tuyo? Puede que te vuelvas loco al estar solo con una mujer.

—¿Has estado leyendo lo que ha escrito la prensa sobre mí? —la miró divertido—. Puedes estar tranquila, no tienes motivos para sentirte celosa. Tengo intención de centrar toda mi atención en ti, querida.

Su tono ronco le puso muy nerviosa. O tal vez fueran una vez más sus palabras. El modo en que inyectaba cada palabra con una letal promesa. Bajo aquella capa de control presentía emociones más oscuras que las que Santo presentaba al mundo. Fia le había visto pasar de niño a hombre. Sin que él la viera, había observado cómo aprendía a hacer windsurf y a navegar. Admiraba aquella determinación suya que nunca le permitía dejar de hacer algo hasta que lo tuviera dominado. Y luego llegaron las mujeres. Chicas de cabello dorado que se pavoneaban por la playa con la esperanza de atraer la atención de alguno de los hermanos Ferrara.

No era de extrañar que fuera tan seguro de sí mismo, pensó Fia. Nadie le había dicho nunca que no. Nadie había puesto en entredicho su supremacía. Y de pronto no pudo evitarlo.

–Tal vez tú no seas suficiente para mí –afirmó con voz pausada, decidida a jugar su propio juego–. Yo también tengo necesidades. Y son tan poderosas como las tuyas. Tal vez no seas capaz de satisfacerme.

Santo alzó sus oscuras cejas, pero el tenue brillo de sus ojos sugería que no apreciaba la broma.

–¿Crees que no?

–No. No sé por qué los hombres piensan siempre que tienen el monopolio de las necesidades sexuales. Solo digo que tal vez sea yo quien tenga que buscar en otro lado.

Santo detuvo el coche tan bruscamente que el cinturón de seguridad le dio un tirón. Sin hacer caso a la sinfonía de cláxones que sonaron detrás de ellos, se giró para mirarle y el corazón empezó a latirle con fuerza bajo su mirada, porque había desaparecido de ella el buen humor.

–No lo he dicho en serio –murmuró. Se dio cuenta de que había sido una estupidez retarle de ese modo–. Me estabas desafiando y yo he hecho lo mismo. Por el amor de Dios, Santo. Mi padre le fue infiel a mi madre durante todo su matrimonio. ¿De verdad crees que yo haría algo así?

Él aspiró lentamente el aire.

—No es una broma graciosa.

—No, pero... —Fia vaciló— ya que está conversación se ha vuelto seria, soy muy consciente de que vas a casarte conmigo por Luca, así que no puede decirse que nos haya unido el amor, ¿verdad? No soy una chica dócil y obediente que vaya a quedarse sentada en una esquina mientras tú vas con otras mujeres. ¿Qué ocurrirá si te enamoras de alguien?

Santo se la quedó mirando durante un largo instante antes de volver a centrarse en la conducción y desbloquear aquel tremendo tráfico.

—Me aburriría a los cinco minutos con alguien sumiso y obediente. No quiero que te quedes sentada en una esquina. Al ser mi esposa tendrás que destacar inevitablemente. Y aparte del pasado, te respeto como a la madre de mi hijo y eso es suficiente para unirnos. Y en cuanto a tu padre —endureció el tono—, su comportamiento fue vergonzoso. Y nunca trataría de ese modo a la madre de mis hijos. No tienes que preocuparte. Y no tienes por qué estar celosa.

Humillada por haber revelado tanto, giró la cabeza y miró por la ventanilla, ajena a todo excepto a sus sentimientos. Se dio cuenta de no sabía siquiera dónde estaban.

—No estoy celosa.

—Sí lo estás. Te preocupa que vaya a engañarte, y eso demuestra que estás comprometida —aseguró adelantando a otro conductor—. Si me dijeras que tuviera aventuras, me preocuparía. Sé que tienes sentimientos fuertes y eso me gusta. Solo necesito convencerte para que los expreses. A partir de ahora está prohibido esconderse en la cabaña de pescadores. Y lo digo en sentido figurado y también literal.

Hacía años que no regresaba a aquella cabaña. En el pasado fue su refugio, su escondite secreto. Pero no había vuelto desde aquella noche.

Santo giró hacia la entrada de un precioso *palazzo* y Fia le miró sorprendida.

–¿Dónde estamos?

–En la casa de mi hermano Cristiano. Vas a escoger tu vestido de novia. Dani está también aquí, así como Laurel, la esposa de Cristiano. Te caerá bien. Es más tranquila que Dani.

–Se habían separado –Fia frunció el ceño tratando de recordar–. Lo leí en el periódico.

–Pero han vuelto con más fuerza que nunca. Tienen una hija, Elena, que es de la misma edad que Rosa, la hija de Dani, y una hija mayor, Chiara, a la que adoptaron hace un año –Santo apagó el motor–. Así que ya ves, la familia de Luca crece por momentos.

–Leí que iban a divorciarse.

–Ya no –Santo sonrió mientras le quitaba el cinturón de seguridad–. Como te dije, cuando te casas con un Ferrara es para siempre. Recuérdalo.

Fia vivió la ceremonia de la boda diciéndose que se estaba casando por amor. No por amor a Santo, sino por amor a su hijo. Y las dudas que podía tener quedaron disipadas al ver la bienvenida que la numerosa y bulliciosa familia Ferrara le había dispensado a Luca. Estaba encantado con la atención, adoraba jugar con sus primos y no perdía a su padre de vista. Y Fia no pudo evitar enternecerse con la madre de Santo, que la abrazó con fuerza para darle la bienvenida a la familia. No se guardaban nada, pensó. No racionaban el amor.

La prensa, cansada del interminable pesar de la crisis económica, devoró aquella historia feliz. Gracias a los pocos y escogidos detalles proporcionados por la maquina publicitaria de los Ferrara, compusieron un cuento romántico que no guardaba ningún parecido con la realidad. Según la prensa, habían llevado su relación en secreto debido al conflicto entre sus familias, pero ahora la habían hecho pública y los titulares decían: *El amor puede con todo.*

Pero tal vez lo que más le gustó a la prensa fue ver a su abuelo y a Cristiano Ferrara estrechándose la mano y hablando largamente, acabando por fin con las hostilidades.

—Me preocupa que todo esto sea demasiado para ti, *nonno* —Fia tomó asiento en una silla al lado de su abuelo—. Todavía estás convaleciente.

—No hagas un drama. Ferrara tiene a medio hospital de guardia —gruñó su abuelo—. ¿Qué puede ocurrir?

Pero Fia sabía que estaba impresionado por los cuidados y las atenciones de Santo, y si ella no hubiera estado tan nerviosa al pensar lo que iba a ocurrir a continuación, también se hubiera sentido agradecida. Miró de reojo al hombre que ahora era su marido y sintió un escalofrío de emoción. Le parecía muy bien que dijera que el matrimonio era para siempre, pero aparte del momento en que intercambiaron los votos, no había vuelto a mirarla. Ni una vez. Era como si estuviera tratando de posponer el momento de enfrentarse a la realidad. ¿Qué sucedería cuando los invitados se marcharan y ellos se quedaran a solas?

Su abuelo sonrió, algo poco frecuente en él.

—Mira a Luca. Así es como debe jugar un niño.

Fia miró y vio a su hijo muerto de risa mientras su padre le agarraba de los tobillos y le ponía cabeza abajo. Sintió un nudo en el estómago.

–Espero que no le deje caer al suelo.

Su abuelo le dirigió una mirada de impaciencia.

–Te preocupas demasiado.

–Solo quiero que sea feliz.

–¿Y qué me dices de ti? ¿Eres feliz?

Era la primera vez que su abuelo le hacía aquella pregunta y no supo qué responder.

Tendría que ser feliz por que Luca tuviera ahora a su padre y por que el eterno conflicto entre las dos familias hubiera tocado a su fin. Pero ¿podía ser feliz un matrimonio donde solo había amor hacia el hijo en común?

Su padre no ocultaba el resentimiento que sentía hacia sus hijos. Se había casado por la presión de su padre, el abuelo de Fia, y cuatro vidas habían resultado dañadas por su egoísmo.

Pero Santo no era como su padre, razonó. Estaba claro que sentía un amor incondicional hacia su hijo.

–Voy a regalarle la tierra como regalo de boda –su abuelo compuso una mueca–. ¿Satisfecha?

Ella sonrió débilmente.

–Sí. Gracias.

Su abuelo vaciló y luego le apretó la mano en una demostración de cariño sin precedentes.

–Has hecho lo correcto.

Sí, lo correcto para Luca. Pero ¿y para ella? De eso no estaba tan segura.

Finalmente los invitados empezaron a marcharse. Su abuelo, cansado pero menos gruñón de lo que le había visto en mucho tiempo, se marchó con las enfermeras y solo quedaron unos cuantos miembros de la familia.

Sintiéndose sola en medio de los Ferrara, Fia se dirigió incómoda a la esquina más lejana de la terraza donde se habían reunido.

–Toma –Dani le puso una copa de champán en la mano–. Tengo la impresión de que lo necesitas. Bienvenida a la familia. Estás espectacular. El vestido es perfecto –entrechocó su copa con la de Fia–. Por tu futuro, que va a estar muy bien a pesar de lo que estás pensando ahora mismo.

Fia se preguntó qué sabía. No estaba acostumbrada a confiar en la gente. Por otro lado, le agradecía a Dani que hiciera tantos esfuerzos por ser amable.

–¿Tanto se me nota?

–Sí –Dani estiró la mano y le apartó un mechón del hombro–. Sé que Santo y tú tenéis vuestros problemas. No me trago la historia que le ha contado a todo el mundo. Pero ahora que estáis casados todo va a salir bien. Conseguiréis que funcione. Hay algo fuerte entre vosotros. Lo noté la mañana que fui a cuidar a Luca.

Se trataba solo de química sexual, y Fia sabía que no podía construirse un matrimonio con esa base.

–Está enfadado conmigo.

–Santo es muy sentido –se limitó a decir Dani–. Sobre todo con el tema de la familia, igual que Cristiano. Pero ahora tú formas parte de ella.

–En realidad no quería casarse conmigo –dijo sin pensárselo–. Soy irrelevante.

–¿Irrelevante? –Dani se la quedó mirando un largo instante y luego sonrió–. Deja que te diga algo sobre mi hermano. No sé qué te habrán contado, pero es muy exigente con las mujeres y cree que el matrimonio es para siempre. No se habría casado contigo si no pensara que podría funcionar.

–No creo que haya pensado en nosotros en ningún momento. Todo esto es por Luca.

–Pero habéis creado a Luca juntos –afirmó Dani con simpatía–. Así que debe de haber algo. Y desde luego tú no eres irrelevante. Se ha pasado toda la noche tratando de no mirarte.

—¿Te has dado cuenta? —murmuró humillada.

Pero Dani sonrió.

—Es una buena señal. Tengo la sensación de que mi hermano se siente confundido por primera vez en su vida. Eso tiene que ser bueno.

—Yo me lo tomé como una señal de que le soy indiferente.

—No sé lo que siente, pero desde luego no es indiferencia.

Fia no tuvo oportunidad de preguntarle nada más porque alguien se llevó a Dani de allí hacia un grupo de primos y Fia se quedó otra vez sola. Ahora estaba casada con uno de los hombres más ricos de Italia, pero le gustaría estar en la Cabaña de la Playa recogiendo después del servicio de la cena con la perspectiva de darse un baño a primera hora de la mañana con su hijo. Habían acordado que Luca se quedaría a pasar la noche con Dani y su familia, y la idea de estar sin él le provocaba un nudo en la garganta. De pronto sintió deseos de agarrar a su hijo y volver corriendo a su antigua vida, donde los sentimientos eran algo predecible y seguro. Pero tuvo que despedirse de él con un abrazo y ver cómo se marchaba con su nueva familia. ¿Era egoísta por su parte desear que se hubiera puesto algo nervioso al dejarla? ¿Estaba mal esperar que le hubiera abrazado un poco más en lugar de sonreír ante la perspectiva de pasar más tiempo con sus primas? ¿Era una cobardía lamentar no tenerle allí, ya que era la única barrera efectiva entre Santo y ella?

—Estará bien, no te preocupes por él. Dani es una gran madre —aseguró Santo apareciendo a su lado.

Santo, que ahora era su marido en la pobreza y en la riqueza. Y desde luego era muy rico, pensó aturdida. A pesar de saber que la familia Ferrara era millonaria, seguía asombrada por el lujo de su nueva vida. Aquel era su hotel estrella y su cuartel general. Al final de la playa estaba Villa Afrodita, la joya de la corona. La familia la alquilaba de vez en cuando a estrellas del rock y miembros de la realeza, pero durante las próximas veinticuatro horas les pertenecería a ellos, y la idea de estar a solas con Santo en un lugar diseñado para el amor hacía que sintiera algo parecido al pánico.

Durante las últimas semanas había estado tan ocupada cuidando de Luca y yendo al hospital que había logrado no enfrentarse a la realidad de su noche de bodas. Pero ahora...

—No había necesidad de que se fuera —Fia mantuvo la mirada fija en la distancia, decidida a no mirarle—. Ni que estuviera entorpeciendo un momento romántico. Es absurdo convertir esto en algo que no es.

Su observación fue recibida con silencio. Fia le miró de rojo y se encontró con unos ojos negros como la noche que brillaban con intención.

—¿De verdad te hubiera gustado que estuviera aquí cuando finalmente liberáramos esto que hay entre nosotros? —Santo le deslizó la mano por detrás de la cabeza y atrajo su cara a la suya—. ¿Es eso lo quieres? —su voz estaba cargada de sensualidad—. Porque no tengo ninguna intención de contenerme. Lo llevo haciendo mucho tiempo y me está volviendo loco.

Fia se miró asombrada en aquellos ojos. Podía ver el brillo de la furia. Sentir el duro mordisco de sus dedos cuando se los enterró en el pelo. Y todo lo que Santo sentía lo sentía ella también. ¿Cómo podía ser de otra manera? La química era tan poderosa que la atravesaba. Sintió cómo se derretía. Tal vez podrían haber terminado con todo allí mismo en la terraza si alguien no se hubiera aclarado la garganta a su lado.

Esta vez se trataba de Cristiano, el hermano mayor de Santo. A diferencia de Dani, había estado frío con ella y Fia tenía la impresión de que no se lo iba a ganar con tanta facilidad como a ella.

Amor de hermano, pensó aturdida. Ella nunca lo había experimentado. Su hermano era egoísta e irresponsable.

Santo apartó a regañadientes la mano de su cuello.

–Enseguida vuelvo –se dirigió hacia su hermano.

Fia aprovechó la distracción para marcharse. No tenía intención de esperar. La atmósfera resultaba sofocante. Y además, ¿qué tenía Santo planeado? ¿Un paseo romántico por la playa? Lo dudaba mucho.

Unos focos de luz solar iluminaban el camino hacia la playa y Fia caminó rápidamente tratando de no pensar en que aquel era el lugar perfecto para un paseo de amantes. El sol se estaba poniendo y proyectaba un brillo de rubí por el oscuro horizonte. Habría sido el escenario idílico, pero le parecía tan inapropiado como el vestido de novia en seda color crema que Dani había escogido para ella.

Se acercó a la villa y se quedó un instante paralizada por la impresionante belleza de la enorme piscina y por la visión que la recibió. Estaba claro que habían preparado el lugar para una noche romántica. Las puertas estaban abiertas a la playa. Al lado de la cama había champán enfriándose, las velas brillaban por todas partes y habían desperdigado pétalos de rosa en el suelo en dirección al lujoso dormitorio.

Podría haber soportado el champán y las velas, pero la visión de los pétalos de rosa fue lo que le formó un nudo en la garganta.

Los pétalos de rosa indicaban romance, y allí no había nada de eso. Su relación no era romántica.

Las emociones que habían ido creciendo en su interior desde que Santo entró en su cocina por primera vez hicieron explosión. Para tratar de destruir aquella atmósfera, se arrodilló y empezó a recoger los pétalos con la mano.

–¿Qué diablos estás haciendo? –preguntó una voz masculina desde la puerta.

Pero Fia no alzó la vista.

–¿Tú qué crees? Recoger las pruebas del retorcido sentido del humor de alguien.

Antes de que pudiera seguir, Santo la levantó del suelo.

–¿Qué tiene esto de retorcido?

–Es una burla –gimió–. Alguien está siendo deliberadamente cruel.

Santo frunció el ceño sin entender.

–Yo di instrucciones para que lo prepararan todo como en las lunas de miel y las escapadas románticas. Acabamos de casarnos, estamos de luna de miel. Hay ciertas expectativas. He planeado esto de un modo romántico porque no quiero que haya rumores que hagan daño a nuestro hijo.

Así que incluso los pétalos de rosa al lado de la cama eran por Luca. Todo era por Luca.

–Pero él no está aquí, ¿verdad? Ni tampoco los periodistas. Así que podemos quitar los pétalos –a Fia le castañeaban los dientes.

–¿Qué importancia tienen unos cuantos pétalos? –Santo le sujetó con más fuerza los hombros.

–Precisamente por eso, no tienen ninguna importancia. No tienen cabida en nuestra relación, y, si no eres capaz de ver eso, entonces eres el hombre más insensible que he conocido –se apartó de él–. He pasado por esta farsa de boda aunque me hubiera gustado que fuera algo íntimo.

–Ha sido íntimo.

Fia no le estaba escuchando.

–Me he mordido la lengua cuando la prensa empezó a compararnos con Romeo y Julieta. He pronunciado mis votos y te he entregado a mi hijo. He hecho todo eso no porque sienta algo por ti, sino por él y porque he visto que ya te quiere. Estoy preparada para hacer todo eso por mi hijo y ser una madre simpática cuando estemos todos juntos, pero cuando estamos solos será diferente.

De pronto se sentía agotada y se llevó los dedos a la frente, haciendo un esfuerzo por contener tantas emociones.

–¿Sabes qué? Te respetaba por no fingir que esto era algo más que un matrimonio de conveniencia. De tu conveniencia, para ser exactos. Pero nunca hemos hablado de... pétalos de rosa –jadeó.

–Dios, ¿puedes dejar la obsesión por los pétalos de rosa?

–No necesito pétalos de rosa en mi vida, ¿entendido? –estaba a punto de perder el control–. No importa cuántos pétalos encargues, nuestro matrimonio sigue siendo una farsa. Y ahora me voy a la cama. Y, si tienes alguna sensibilidad, tú dormirás en el sofá.

–Soy consciente de que soy un malnacido insensible, así que supongo que eso aclara la cuestión de dónde voy a dormir –aseguró–. Y no se te ocurra pensar en salir corriendo porque te traeré a rastras. Mírame.

Fia obedeció, y, si antes le costaba trabajo respirar, ahora era todavía peor. Cuando se miró en aquellos ojos oscuros y sensuales una parte de ella cobró vida. Estaba acostumbrada a controlar sus sentimientos. Lo había aprendido de niña. Solo una vez en su vida se dejó llevar, y había sido con aquel hombre. Aquella noche en la oscuridad, la noche en que concibieron a Luca.

El brillo de sus ojos no dejaba lugar a dudas. Y ella

no pudo disimular la instantánea respuesta de su cuero. Llevaba cociéndose desde la noche en que entró en su restaurante, pero ambos lo habían mantenido a raya.

Ahora no había nada que rompiera aquella poderosa conexión. No se trataba de velas ni pétalos de rosa, sino de una fuerza elemental más poderosa que ambos.

Santo estaba muy quieto, y su inmovilidad solo sirvió para acrecentar la tensión porque Fia sabía cómo iba a terminar aquello.

Se movieron al mismo tiempo, acercándose con una violencia cercana a la desesperación. Las manos de Santo le sujetaron el rostro y la besó con fuerza. Ella le abrió la camisa. Y luego le deslizó los dedos por la piel y gimió contra su boca, levantándole el vestido. Dejaron de besarse el tiempo suficiente para que se lo sacara por la cabeza, y entonces entrechocó su boca contra la suya y le hundió las manos en la melena apretando su poderoso cuerpo contra el suyo mientras los dos se dirigían marcha atrás hacia la pared. Seguían besándose mientras Fia le bajaba frenéticamente la cremallera de los pantalones. Se los bajó y cerró la mano sobre su dura virilidad. Santo soltó un gruñido salvaje mientras la desnudaba con manos osadas.

El deseo atravesó las venas de Fia, le calentó las venas y le debilitó las piernas. Estaba desnuda frente a él, pero no le importaba.

La boca de Santo encontró su pulso en la base del cuello y ella echó la cabeza hacia atrás con una excitación casi insoportable.

—Dios, te deseo —murmuró Santo deslizándole una mano entre las piernas y explorándola íntimamente.

—Por favor...

—Sí —sin vacilar, Santo la levantó de modo que se vio obligada a enredar sus piernas alrededor de su cuerpo. Volvió a besarla con fiereza.

Fia le puso las manos sobre los hombros y sintió el poder de su cuerpo y su fuerza mientras la recolocaba como si ella no tuviera voluntad, pero no le importó. Estaba perdida en la fuerza de las sensaciones que desataban juntos. Santo la besó como si fuera el día del fin del mundo. Sus dedos le separaron los muslos y Fia sintió la punta suave de su pene contra ella y un instante después le notó dentro, caliente, duro y masculino. Gritó su nombre y se arqueó, recibiéndole profundamente, atendiendo a las demandas de su cuerpo.

Y el cuerpo de Santo lo exigía todo, lo tomaba todo hasta que ella alcanzó el orgasmo y lo arrastró consigo en una experiencia salvaje de exquisito placer.

Fia se agarró de él con los ojos cerrados tratando de recuperar el aliento.

Santo la sujetó con un brazo mientras colocaba el otro en la pared que ella tenía detrás. Murmuró algo en italiano y apoyó la frente en el brazo.

–*Madre de Dio*, no era así como lo había planeado –levantó la cabeza y la miró con aquellos ojos sensuales y negros–. ¿Te he hecho daño? Te he clavado contra la pared...

–No lo recuerdo –se sentía mareada y débil–. Sigo de una pieza.

Sin contar con el corazón. Pero no iba a pensar en eso ahora. No tuvo tiempo de pensar en nada, porque Santo la bajó al suelo y en cuanto la soltó le fallaron las rodillas. Él la sujetó y la atrajo hacia sí, pero eso implicó que volvieran a tocarse y lo que comenzó como un apoyo se convirtió rápidamente en seducción. No podían evitarlo. Santo hundió la boca en su cuello. Ella le deslizó los brazos por los hombros y la atrajo hacia sí. Incluso después del explosivo clímax seguía duro y Fia exhaló un suave suspiro al sentir la fuerza de su erección.

–Santo...

–Me estás volviendo loco –le deslizó una mano por el cuello y atrajo su boca hacia la suya. La besó con frenesí. Luego le puso la otra mano entre las piernas.

–La cama... –murmuró Fia apretándose contra él.

–Está demasiado lejos –devorándole la boca con la suya, la levantó del suelo.

Fia apenas fue consciente de los pétalos que había sobre la cama cuando él la colocó de espaldas de modo que quedó a horcajadas sobre él. Se inclinó hacia delante para besarle y la boca de Santo jugueteó con la suya, atormentándola. Las manos de Fia se hicieron más audaces y codiciosas, recorriéndole el plano vientre y acercándose más a la dureza de su virilidad. No había señal de que hubiera necesitado tiempo de recuperación, y cuando le puso las manos en las caderas y la atrajo hacia sí, ella se detuvo un instante retrasando el momento. Sintió su mirada ardiente clavada en ella y entonces empezó a mover las caderas y lo tomó profundamente.

–Dios mío –Santo apretó las mandíbulas y la embistió.

Fia era la que debía tener el poder, pero no era así. Sintió su dureza dentro y el mordisco de sus dedos en los muslos y se dio cuenta de que era él quien tenía todo el poder. Santo la controlaba. Y esta vez, cuando sus sentidos hicieron explosión, colapsó contra su pecho y sintió cómo la abrazaba con fuerza.

Se quedaron un instante quietos y luego él torció el gesto.

–Esto es muy incómodo. Deberíamos movernos.

Fia no se creía capaz de moverse, pero él se apoyó lentamente en un codo y entonces frunció el ceño.

–¡Estás sangrando!

Ella se miró el brazo.

—Es un pétalo de rosa. Tú también tienes alguno pegado.

Santo la apartó suavemente de él y se sentó quitándose los pétalos con impaciencia.

—¿Por qué se les considera algo romántico?

—Lo son... en determinadas circunstancias —aunque no en aquellas, por supuesto.

Los pétalos formaban parte de la imagen que Santo quería crear.

—Por mucho que me atraiga la idea de quitarse los pétalos de rosa del cuerpo, creo que una ducha será más rápido —se puso de pie y la ayudó a levantarse para ir al cuarto de baño.

Santo estaba muy relajado cuando la metió en la ducha y apretó un botón en la pared.

Fia seguía mirando la musculosa perfección de su bronceada espalda cuando él se dio la vuelta.

—Si sigues mirándome así, no vamos a llegar a la cama en los próximos dos días —le advirtió estrechándola contra sí y hundiendo las manos en su pelo.

Los chorros de agua la cubrían y Fia jadeó cuando le cayeron sobre el pelo y la cara, mezclándose con el calor de sus besos. Tenía el cuerpo húmedo y pegado al de Santo. Él le frotó los pétalos de rosa del cuerpo y ella hizo lo mismo con él.

Santo le apretó la espalda contra la pared de azulejo, lejos de los chorros de agua, y le besó lentamente el cuerpo. El deslizar de su lengua por los pezones la hizo arquearse, y él le sujetó las caderas con las manos para sostenerla mientras le besaba todo el cuerpo. No dijo nada, y Fia tampoco. Lo único que se escuchaba era el sonido del agua y los suaves gemidos de ella mientras Santo se tomaba todas las libertades que quería, primero con los dedos y luego con la boca, haciendo que Fia se sintiera demasiado vulnerable. Le agarró del pelo con la intención de detenerle, pero entonces él utilizó la boca, atormentándola hasta que se vio envuelta en una oleada oscura de placer que amenazaba con acabar con ella. Quería que se detuviera y al mismo tiempo que siguiera. Se moría de deseo, y cuando sintió el deslizar de sus dedos sabios en el interior susurró su nombre y sintió cómo su cuerpo se dirigía hacia la plenitud.

—Por favor —desesperada, movió las caderas.

Santo se incorporó, le levantó el muslo para tener acceso y se adentró en aquel cuerpo excitado y tembloroso. Estaba duro, caliente y la embistió con tal placentera intensidad que Fia gritó y le clavó los dedos en los hombros desnudos.

Le sintió estremecerse dentro de ella, sintió cómo les llevaba a ambos más y más lejos con embates seguros y fuertes hasta que el placer hizo explosión y ella apretó los músculos y las contracciones de su cuerpo enviaron a Santo al mismo pico de excitación sexual.

Saciada, Fia dejó caer la cabeza sobre su húmedo hombro, asombrada ante la intensidad del placer que acababa de experimentar. Santo le apartó el cabello mojado de la cara, le acarició la mejilla con suavidad y murmuró algo en italiano que ella no entendió.

En aquel momento se sintió más cerca de él que nunca.

Tal vez todo saliera bien, pensó desconcertada. Tal vez aquel grado de intimidad sexual no fuera posible sin algo de sentimiento. Tal vez, si el sexo fuera bueno, lo demás también lo sería.

La suave caricia de sus dedos en la cara hizo que su interior se derritiera de un modo distinto. Se suavizó. La parte congelada de su interior que evitaba que se acercara demasiado a alguien se derritió un poco. Sintiéndose increíblemente vulnerable, alzó la cabeza para mirarle. No sabía qué decir, pero seguro que a él se le ocurría algo, porque Santo Ferrara siempre sabía qué decir. Sosteniéndola de un brazo, cerró el chorro de agua.

Fia contuvo el aliento y esperó. Sentía como si estuviera a punto de vivir un momento que cambiaría su vida para siempre. Como si lo que Santo iba a decir ahora fuera a cambiar la dirección de su relación.

–Cama –dijo con voz ronca–. Esta vez vamos a llegar a la cama, cariño.

Sus frágiles expectativas se hicieron añicos, y Fia palideció.

–¿Eso es lo único que se te ocurre decir?

Santo alzó las cejas con indolencia.

–Estaba pensando en tu comodidad –aseguró–. Hasta ahora hemos tenido sexo contra la pared, sexo en el suelo y sexo en la ducha. Estaba pensando en que el sexo en la cama sería un avance, pero, si quieres probar otra cosa, estoy dispuesto.

–Tú... –Fia estaba tan disgustada que no pudo terminar la frase.

Había pasado de la esperanza a la desesperación en cuestión de segundos, y estaba furiosa consigo misma por ser tan ingenua como para haber pensado que podría sentir algo por ella.

–Te odio, ¿lo sabías? En este momento te odio de verdad, Santo Ferrara –pero nada más pronunciar aquellas palabras supo que no eran ciertas. Y eso la molestaba. Estaba completamente confundida respecto a sus sentimientos. Apenas le conocía y sin embargo le había permitido...

Fia cerró los ojos avergonzada, excitada y humillada, todo a la vez.

Santo la miró con repentino recelo.

–El sexo muy intenso puede volver emocionales a las mujeres.

–No es el sexo lo que me vuelve emocional, eres tú. Eres arrogante, frío y un...

–¿Un dios del sexo?

–¡Una basura! –el corazón le latía con fuerza y le temblaba todo el cuerpo. Aspiró varias veces el aire tratando de calmarse.

Y lo hubiera conseguido si Santo no se hubiera encogido de hombros con indiferencia.

–Estaba bromeando –aseguró–. Pero tú te has puesto muy seria de pronto. La química sexual que hay entre nosotros es muy poderosa y está claro que eso te inquieta. Pero no debería. Tendrías que agradecer que al menos esa parte de nuestra relación sea un éxito espectacular. Nos da una base sobre la que poder construir. El sexo es importante para mí y está claro que no vamos a tener problemas en el dormitorio. Ni en el baño. Ni en el suelo...

Su indolente sentido del humor fue la gota que colmó el vaso.

–¿Crees que no? Pues tengo una noticia para ti. Vamos a tener muchos problemas. El sexo es solo sexo, no se puede construir nada sobre él. Y menos con el tipo de sexo olímpico que tú buscas. Contigo se trata solo de algo físico, sin parte emocional.

–Ese «algo físico» te ha tenido jadeando y suplicando durante las últimas tres horas –pasó por delante de ella y agarró una toalla–. Si lo que querías era una actuación olímpica, yo diría que hemos ganado la medalla de oro.

–Apártate de mí –le puso las manos en el pecho bronceado y le empujó, pero él se mantuvo firme en su gloriosa desnudez–. No quiero sexo contra la pared, ni en el suelo ni en la cama. ¡No quiero sexo! No quiero que me vuelvas a tocar nunca más –pasó por delante de él y agarró su propia toalla.

Se dio cuenta de que los pétalos de rosa se habían convertido en papilla por el agua de la ducha.

Por fin algo que simbolizaba su relación, pensó furiosa.

Estropeada y hecha trizas.

Capítulo 7

MAMMA!

Santo observó cómo Lucas se soltaba de brazos de Dani y corría por la arena hacia Fia. Ella le levantó del suelo y le abrazó con fuerza. Su rostro se iluminó con una sonrisa.

—¡Cuánto te he echado de menos! ¿Te has portado bien?

Santo apretó los dientes al observar aquella demostración de amor y afecto. Una hora antes había estado sentado frente a ella mientras Fia desayunaba en frío silencio. No le había mirado ni una sola vez. Cualquier intento por su parte de iniciar una conversación había sido recibido con respuestas monosilábicas. Incapaz de comprender cómo podía estar tan malhumorada después de una noche de sexo espectacular, Santo se fue poniendo de peor humor cada vez.

Estaba claro que la noche no había cumplido con ninguna expectativa romántica, pero ¿qué esperaba? Él no era un hipócrita ni iba a fingir que su matrimonio era una maravillosa unión por amor. Esa era la historia que le había contado a la prensa para que le dejaran en paz y asegurarse de que Luca quedaba protegido de los rumores.

Sus pensamientos quedaron interrumpidos por el delicioso sonido de la risa de Luca. Se giró y les vio a los dos haciéndose cosquillas sobre la arena. Santo observó el lío de brazos y piernas con una mezcla de sentimientos. No cabía duda de que Fia quería a su hijo. Y Luca sacaba a relucir una parte de ella que Santo no había visto nunca.

Era una mujer distinta. Cálida, próxima y abierta, entregada a su hijo.

Su alegría resultaba contagiosa, y sin pensar en lo que hacía, se acercó para unirse a ellos, agachándose para hacerles cosquillas. Su hijo se retorció y se rio y la mano de Santo acarició de refilón uno de los senos de Fia.

El calor desapareció al instante de sus ojos y se puso de pie de un salto. Su expresión pasó de feliz a hostil en un abrir y cerrar de ojos.

–No te he visto llegar. Creí que estabas hablando por teléfono.

El repentino cambio de humor le puso furioso. Luca dejó de reírse y les miró confundido. Actuando por instinto, Santo tomó al niño en brazos y se inclinó para darle a Fia un beso largo y dulce en los labios. Sintió una oleada de calor, pero mantuvo a raya su propio deseo. Cuando levantó la cabeza tenía las mejillas sonrojadas y la mirada tan confundida como la de su hijo.

–Nunca vuelvas a mirarme con esa furia delante de nuestro hijo –murmuró Santo en voz baja.

–*Mamma* –dijo Luca feliz.

Santo le sonrió aunque podía sentir los rayos de furia saliendo de Fia.

–Sí, es tu *mamma*. Y ahora es hora de ir a casa.

Ella se apartó de sus brazos y dio un paso atrás.

–No voy a volver a tu apartamento. Hoy voy a ir al restaurante, y Luca se viene conmigo.

–Estoy de acuerdo –Santo dejó al niño en la arena–. Tienes que volver al trabajo y yo también. Y Luca tiene una buena relación con Gina, así que me alegra que le cuide mientras tú estás trabajando.

–¿Te alegra que...?

Santo le cubrió los labios con los dedos para evitar que siguiera.

–Luego podrás agradecerme que haya evitado que dijeras lo que querías decir delante de nuestro hijo –murmuró en voz baja–. Tu animadversión es muy incómoda, cariño, así que a partir se ahora moderarás tus emociones a menos que estemos solos. Esa regla es tuya, por cierto. Consuélate sabiendo que estoy más que dispuesto a pelearme contigo al nivel que quieras y sobre la superficie que prefieras cuando Luca esté en la cama.

A Fia se le oscureció la mirada. Santo vio cómo tragaba saliva y luego miraba a Luca, que les observaba a los dos fijamente.

–Tu apartamento no es el lugar adecuado para criar a un niño de esta edad. No te comas eso –le dijo al niño quitándole la arena de la mano y tomándole en brazos.

–Estoy de acuerdo contigo, y por eso no vamos a vivir en el apartamento.

–Has dicho que nos íbamos a casa.

–Tengo cinco casas –Santo se preguntó cómo podía seguir deseándola tanto después de una noche de sexo ardiente–. Estoy de acuerdo en que el apartamento no es adecuado para nuestras necesidades inmediatas, así que vamos a trasladarnos a la casa de la playa.

–¿La casa en la que pasaste la infancia?

–La ubicación es perfecta y la estructura sólida. Llevo seis meses reformándola y con unos cuantos ajustes quedará perfecta para una familia. Tiene muchas cosas que sé que te van a gustar –hizo una pequeña pausa–. Por ejemplo, la cabaña de pescadores.

Esperaba que se pusiera contenta. Se había pasado media infancia escondida allí, así que estaba claro que le gustaba.

Pero no vio en ella ningún atisbo de gratitud. Al contrario, sus mejillas perdieron el poco color que les quedaba y se quedó mirando hacia la bahía tratando de recuperar el control. Cuando finalmente habló lo hizo sin mirarle.

—Viviremos donde tú quieras, por supuesto.

Estaba dando a entender que viviría allí de mala gana. Santo, que esperaba gratitud, sintió una oleada de frustración. Había crecido en una familia en la que todos decían siempre lo que pensaban. Las reuniones familiares eran muy bulliciosas. Todo el mundo tenía una opinión y no vacilaba en expresarla, normalmente en voz muy alta y hablando a la vez que los demás. No estaba acostumbrado a tener que leerle el pensamiento a una mujer.

—Pensé que te gustaría —afirmó con tirantez—. Al vivir allí podrás seguir ocupándote de tu negocio, visitando a tu abuelo y durmiendo en mi cama.

Aquel comentario hizo que Fia se sonrojara, pero siguió sin mirarle.

Consciente de que Luca estaba allí, Luca se tragó el comentario que le quemaba la lengua.

—Nos iremos en veinte minutos. Estate preparada.

Confundida e incómoda, Fia se centró en el trabajo. Trató de apartar de sí el recuerdo de aquel último y tierno beso diciéndose que había sido por el bien de su hijo. No había ternura en lo que Santo y ella compartían. Solo había deseo. Era algo físico, nada más.

Aliviada al tener algo con lo que distraerse, no sabía si sentirse complacida o desilusionada al descubrir que la Cabaña de la Playa había florecido en su ausencia.

—El chef que Ferrara nos envió era bueno. Mantuvo el mismo menú, jefa —Ben dejó en el suelo una cesta de brillantes berenjenas púrpura–. Tienen muy buena pinta. Las pondremos en el menú del día con pasta, ¿te parece bien?

–Sí –a Fía le resultaba frustrante descubrir que el trabajo no le proporcionaba la distracción que necesitaba. Hiciera lo que hiciera, su cerebro regresaba una y otra vez al momento en que los dos acabaron contra la pared. Durante años había anhelado vivir una experiencia lo suficientemente poderosa como para borrar el recuerdo de la noche en que concibieron a Luca, y ahora la había multiplicado por diez.

–¿Estás bien? –Ben le dio un codazo–. Porque no pareces concentrada, y eso es peligroso cuando estás cocinando con fuego. Podrías quemarte.

–Estoy bien –contestó desabrida–. Solo un poco cansada. Necesito concentrarme, nada más –furiosa consigo mismo, murmuró algo en italiano.

Ben agarró los platos que ella había preparado y se retiró hacia la seguridad del restaurante. Gina fue menos sensible. Quería detalles.

–Leí en el periódico que habéis estado enamorados en secreto desde que erais pequeños –suspiró–. Eso es muy romántico.

«No», pensó Fia friendo trozos de berenjena hasta que se volvieron marrones y blandos. Pero no podía decir la verdad por el bien de Luca, así que guardó silencio y siguió con aquella farsa de amor eterno que parecía tener cautivado a todo el país. Resultaba irónico. Era la envidia de millones de mujeres, se había casado con un hombre multimillonario y sexy. Se había casado con un Ferrara.

El primer vistazo que le echó a su nueva casa la había dejado temblando. No estaba acostumbrada a vivir con tanto lujo. Las reformas de Santo habían aprovechado al máximo la posición de la villa en la bahía. Los enormes ventanales le proporcionaban un aire moderno y mostraban espectaculares vistas de la bahía y de la reserva natural que lindaba con su terreno. Nadie podría evitar enamorarse de aquella casa, pero la estancia favorita de Fia era la enorme y soleada cocina. No era un sitio para cocinar, sino también para vivir. El corazón de la casa. Tenía puertas de cristal que daban a una terraza rodeada por un huerto de frutales. Así que recoger naranjas frescas para el desayuno implicaba únicamente salir y tomarlas de alguno de los muchos naranjos. Era un lugar para celebraciones familiares, desayunos agradables y cenas íntimas. Era perfecto.

Se llevó a Luca a la villa a última hora de la tarde, le dio la merienda en la preciosa cocina y le dejó explorar. El descubrimiento de la que sin duda era su habitación le hizo gritar de alegría.

–¡Barco! –se subió a su nueva cama, que tenía forma de barco a juego con las cortinas imitando velas.

–Sí, es un barco –ver la felicidad reflejada en su cara le elevó el ánimo. Tenía que reconocer que la habitación era preciosa. El sueño de cualquier niño.

Había cestas llenas de juguetes y las estanterías tenían más libros que una librería.

–Tu padre no conoce el significado de la palabra «moderación» –murmuró Fia tomándole de la mano y llevándole a la habitación de al lado.

Al parecer se trataba de un cuarto de invitados. Era muy bonito, tenía un pequeño balcón con vistas a la cala privada que había bajo la villa.

–*Mamma* duerme aquí –dijo Luca encantando subiéndose a la cama y saltando sobre ella.

Fia se le quedó mirando un largo instante y luego sonrió.

–Sí –dijo despacio–. Mamá va a dormir aquí. Es una idea excelente.

No había razón para que tuvieran que compartir cama. Mientras Luca volvía corriendo a su habitación y empezaba a revolverlo todo, Fia sacó la ropa del dormitorio principal y la llevó al cuarto de invitados. Luego bañó a Luca, que tenía un cuarto de baño náutico a juego con su náutica habitación, le leyó un cuento y luego dejó que Gina se quedara con él para poder volver al restaurante y encargarse de las cenas.

La frenética actividad mejoró su humor. No había sabido nada de Santo en todo el día, seguramente porque estaría igual de ocupado con su proyecto para poner el Beach Club al nivel del resto del grupo. Tal vez aquello funcionara, pensó. Si tenía cuidado, ni siquiera le vería. Si se mantenía muy ocupada, tal vez dejara incluso de pensar en él cada segundo del día.

Dispuesta a poner a prueba aquella teoría, se enfrascó en el trabajo cocinando, hablando con los clientes e interactuando con el personal. Cuando terminó ya era muy tarde. Cruzó la playa en dirección a la villa y se detuvo un instante para observar la cabaña de pescadores que le había servido tantas veces de refugio siendo niña. Estaba al final de la playa privada, pero Fia no fue capaz de acercarse hasta allí. No podía enfrentarse a los recuerdos. Sabía lo que era la soledad, pero se estaba dando cuenta de que no había nada tan solitario como un matrimonio frío y vacío.

La villa estaba en silencio. Estaba claro que Gina se había retirado ya al apartamento para el servicio, situado en un anexo.

No había ni rastro de Santo.

Aliviada al no tener que enfrentarse a él, Fia se dirigió al cuarto de invitados. Se dio una ducha y se metió en la cama, que era grande y cómoda. Le dolían las piernas por el cansancio tras haberse pasado el día de pie.

Estaba empezando a dormirse cuando se abrió la puerta de golpe y alguien encendió la luz.

La silueta de Santo ocupaba el umbral. Sus ojos se clavaron en ella como los de un cazador que hubiera localizado a su presa.

—Para que lo sepas —dijo con tono suave—, el escondite es un juego de niños, no de adultos.

—No estaba jugando al escondite.

—Entonces, ¿qué diablos estás haciendo aquí? Cuando llego a casa del trabajo no quiero tener que buscarte.

La combinación de su tono letal y de aquellos ojos oscuros provocó que se pusiera nerviosa.

—¿Esperabas que te esperara despierta para ponerte las zapatillas de estar por casa?

Santo entró en la habitación y empezó a dar vueltas alrededor de la cama como un animal salvaje que buscara el mejor método de ataque.

—¿De verdad creías que te dejaría dormir aquí?

—Yo elijo dónde duermo —murmuró Fia sosteniendo las sábanas de seda con firmeza.

—Ya elegiste al casarte conmigo. Dormirás en mi cama esta noche y todas las noches.

Acercándose con tanta velocidad que Fia no pudo reaccionar, le quitó las sábanas y la tomó en brazos.

—¡Suéltame! Deja de comportarte como un cavernícola —se retorció entre sus brazos.

Pero Santo se limitó a sujetarla con más fuerza.

—¡Vas a despertar a Luca!

—Entonces deja de gritar.

—¡Nos va a ver!

—Verá a su padre llevando a su madre a la cama —gruñó Santo dirigiéndose hacia la habitación principal—. Es una escena perfectamente aceptable. No tengo problema con que sepa que sus padres duermen juntos

—cerró la puerta de una patada, se acercó a la enorme cama y la depositó en medio.

—Por el amor de Dios, Santo...

—Deja que te dé algunos consejos sobre cómo conseguir que un matrimonio funcione. En primer lugar, retirarme el sexo no va a mejorar mi estado de ánimo —afirmó con frialdad—. En segundo lugar, puedo tenerte relajada en menos de cinco segundos, así que acabemos con esta farsa. Es una las pocas cosas que tenemos en común.

—Te crees irresistible —Fia se incorporó y trató de correr hacia la puerta, pero él la tumbó sobre la cama y le sujetó los brazos por encima de la cabeza con una mano.

Ella se retorció bajo su peso.

—¿Qué estás haciendo?

—Sexo en la cama —ronroneó Santo con los ojos brillantes y la boca a escasos centímetros de la suya—. Todavía no lo hemos experimentado. A mí me gusta descubrir cosas nuevas, ¿y a ti?

—No quiero sexo en la cama —Fia apretó los dientes y apartó la cara ignorando el calor que le subió por la pelvis—. No quiero ningún tipo de sexo.

—Estás montando una escena porque te asusta el modo en que te hago sentir.

—Lo que me haces sentir es deseos de hacerte picadillo con mi cuchillo más afilado.

Santo se rio.

Fia tenía las manos atrapadas en la suya y trató de apartar la cara de la suya, pero él le sujetó la barbilla con la otra y la mantuvo firme mientras le plantaba la boca en la suya.

El experto roce de sus labios le provocó una oleada instantánea de calor. Gimió y se retorció debajo de él.

—No quiero dormir en la misma cama que tú.

–No te preocupes por eso. Todavía falta mucho para que llegue el momento de dormir –le deslizó la mano libre bajo el camisón.

Fia trató de liberar las manos y de defenderse, pero él la mantuvo sujeta. Se sintió invadida por el calor cuando sintió su mano entre las piernas.

–¡Suéltame!

La respuesta de Santo fue deslizar los dedos dentro de ella. El calor hizo explosión. Incapaz de liberar las manos, lo único que pudo hacer Fia fue tratar de mover las caderas, pero aquel movimiento solo sirvió para intensificar la excitación provocada por aquella invasión tan íntima.

–Dios, no he parado de pensar en esto en todo el día –gimió él capturándole la boca con la suya en un beso explícito–. No he sido capaz de concentrarme. No he podido tomar ninguna decisión, y eso no me había ocurrido nunca antes. Está claro que a ti te ha pasado lo mismo.

–A mí no –era la frenética protesta de una persona que se estaba ahogando–. No he pensado en ti en todo el día.

–Mientes fatal.

Fia descubrió que Santo era capaz de sonreír y besar al mismo tiempo, y aquello volvió más sensual todavía la experiencia porque cambió el modo en que sus labios se movían sobre los suyos.

–No estoy mintiendo –se retorció para tratar de librarse de él–. He estado demasiado ocupada para dedicarte un solo pensamiento. ¿Y por qué iba hacerlo? No hemos compartido nada especial.

–¿No? –Santo le soltó las manos y se deslizó hacia abajo en la cama abriéndole los muslos.

Fia gimió y trató de cerrarlos, pero él le sujetó las manos con firmeza y su gemido se transformó en un sollozo de placer mientras la lengua de Santo exploraba aquella parte de su cuerpo con maestría letal.

Con el cuerpo en llamas, trató de mover las caderas para aliviar el deseo, pero él la mantuvo prisionera mientras la sometía con la lengua a una erótica tortura. Sintió cómo el placer se iba formando en su interior.

–Eres tan ardiente que cuando estoy contigo no puedo ni siquiera pensar –murmuró él con voz ronca colocándose encima de ella y entrando en su interior.

Y entonces se quedó muy quieto. Permaneció así, hundido en su interior con las mandíbulas apretadas para controlarse y no moverse.

Fia gimió.

–¿Qué estás haciendo? Por favor... –le arañó la espalda para urgirle a moverse.

Pero Santo se mantuvo quieto, poniendo a prueba su control mientras esperaba a que Fia regresara del límite.

–No quiero que alcances el clímax todavía –afirmó con tirantez deslizándole la boca por la suya–. Quiero que estés desesperada.

Sentía su dureza dentro, su erección era suave y poderosa como todo en él. Fia empezó a jadear. Pero él seguía sin moverse.

–Santo –le pasó las uñas por la gloriosa piel de bronce que le cubría los músculos–. Por favor...

La respuesta de Santo a su súplica fue deslizar la mano bajo su trasero y hundirse con más fuerza en ella.

–¿Has pensado en mí hoy?

Fia apenas fue capaz de hablar.

–Sí. Todo el tiempo.

–¿Y te ha resultado difícil concentrarte? –su voz estaba cargada de deseo.

Ella gimió desesperada.

–Sí. Santo, por favor...

La mantuvo así durante unos instantes, y cuando Fia

pensó que ya no podría seguir soportándolo se movió, despacio al principio. Controlando el ritmo con precisión, sabiendo exactamente cómo proporcionarle el máximo placer. Fia le enredó las piernas alrededor de las caderas, se arqueó contra él y se perdió en aquella locura. Santo también se perdió. En algún momento sintió que él había perdido el control y se estaba dejando llevar por el instinto. Fia alcanzó el clímax, y todo su cuerpo se estremeció como si lo hubiera atravesado una tormenta. Escuchó a Santo soltar un gemido gutural antes de que los espasmos de su cuerpo lo llevaran también a la cima.

Fia nunca había experimentado un placer así. El calor de Santo aceleró su propia excitación y gimió su nombre mientras se agarraba de él para cabalgar aquella tormenta.

Después Santo se tumbó boca arriba y la atrajo hacia sí.

—Me gusta el sexo en la cama —aseguró cerrando los ojos.

Fia se sentía mareada y estúpida.

—Me has obligado a suplicarte.

—¿Te he obligado? —Santo mantuvo los ojos cerrados—. ¿Te he amenazado?

Ella se cubrió los ojos con la mano.

—Ya sabes a lo que me refiero.

—Te refieres a que te he proporcionado un placer inimaginable —Santo le apartó la mano de la cara y sonrió con picardía—. De nada, cariño.

Estaba tan seguro de sí mismo, era tan arrogante en todo lo que hacía que Fia se sintió mil veces peor.

—No quiero que vuelvas a hacerlo —le espetó con el rostro sonrojado—. Una cosa es el sexo, pero no quiero que vuelvas a hacer algo así.

—¿Por qué? ¿Porque te hace sentir vulnerable? Bien —la voz de Santo era un suave ronroneo—. Cuanto estés en mi cama quiero que seas vulnerable. Y está bien que me digas lo que te gusta, aunque, si eso te incomoda, tampoco pasa nada porque no necesito tu ayuda para saber lo que te excita.

—Porque eres todo un experto, claro.

—Me has hecho sangre con las uñas, cariño —afirmó él con ironía—. Eso me da alguna pista. ¿Y qué tiene de malo ser un experto? ¿Preferirías un hombre torpe?

—No me puedo creer que estemos teniendo esta conversación —murmuró ella.

Santo se rio y volvió a colocarse encima.

—Estás llena de contradicciones. Primero eres una osada y un instante después te vuelves tímida. Dos mujeres en un solo cuerpo —murmuró con tono sugerente bajando la mano—. ¿Qué más puede pedir un hombre?

Agotada por las exigencias de Santo y lo salvaje de su propia respuesta, Fia durmió hasta tarde y se despertó sobresaltada por la preocupación por Luca. Se levantó a toda prisa de la cama y se dirigió a toda prisa a su dormitorio, donde Gina le dijo que Santo había vestido a su hijo y le había dado el desayuno antes de irse a trabajar.

—Es el hombre perfecto —suspiró la joven con expresión soñadora—. Tienes mucha suerte.

Fia apretó los dientes. No se sentía en absoluto afortunada. Se sentía una estúpida. Santo solo tenía que tocarla y se derretía.

Regresó al dormitorio y se sentó en la cama cubriéndose el rostro con las manos, humillada por el recuerdo. Entonces sonó el teléfono y contestó.

—¿Sí?

—¿Qué tal estás? —preguntó la voz grave de Santo al otro lado—. Estabas agotada, así que te dejé dormir.

–Estoy bien, gracias.

Fia no fue capaz de colgar. Sostuvo el teléfono con fuerza y aguantó la respiración con la esperanza de que Santo la invitara a comer. Tal vez a hacer un picnic en la playa. Algo que sugiriera que estaba interesado en fomentar una parte de su relación que no fuera el sexo.

–Descansa lo que puedas hoy. Te veré por la noche.

Fia sintió una punzada de desesperación. Santo no sentía nada por ella y sin embargo ella estaba deseando que volviera a casa.

Sintiéndose muy desgraciada, volcó todo su cariño en su hijo. Al menos esa relación iba bien y era un consuelo presenciar la alegría de Luca cuando estaba con su padre.

Y así se inició una nueva rutina. Santo se despertaba temprano y desayunaba con Luca, permitiendo que Fia se quedara una hora más en la cama. Y la necesitaba, porque fueran cuales fueran sus problemas, en la cama no tenían ninguno. Y había aprendido a apagar aquella parte de sí misma que anhelaba calor emocional. Apenas veía a Santo durante el día, estaba trabajando a tiempo completo en la remodelación del hotel. Ella le preparaba temprano la comida a Luca y comía con él antes de empezar con la hora del almuerzo en el restaurante. Luego lo dejaba con Gina mientras ella se concentraba en el momento más intenso del día. El chef que la había ayudado cuando su abuelo estuvo en el hospital seguía con ellos, y encontraba estimulante trabajar con alguien que tenía una preparación formal.

Un lunes por la tarde, dos semanas después de que se hubieran mudado a su nuevo hogar, Fia pudo por fin tomarse una tarde libre. Tras haber terminado el servicio de mediodía y haber experimentado con dos nuevos platos, dejó que su equipo terminara con los preparativos para la noche y se llevó a Luca a la villa. Convencida de que Santo estaría trabajando, como siempre, se puso un biquini y llevó a Luca a la maravillosa piscina que solo utilizaba cuando Santo no estaba.

Luca se agarró a ella al meterse en el agua. Dio patadas en el agua y miró detrás de Fia.

—Papá.

—Papá está trabajando —aseguró Fia contenta sujetándole de la cintura.

—No, ya no —la voz grave de Santo llegó desde el extremo de la piscina.

Fia se giró, horrorizada al encontrarle allí con el teléfono en la mano. Desde los pulidos zapatos hechos a mano al traje bien cortado, todo en él exudaba éxito. Dejó el teléfono en la tumbona más cercana.

—Parece un buen plan para una calurosa tarde de verano. Me uniré a vosotros —se quitó la chaqueta y la corbata.

Fia se preguntó qué estaba haciendo allí.

—¿No tienes que volver al trabajo?

—Soy el jefe —la camisa siguió a la chaqueta—. Yo decido cuándo trabajo. Y siempre paso unas horas con Luca cada tarde antes de su siesta.

—¿Todas las tardes? —aquella era una noticia nueva para ella—. ¿Y de dónde sacas el tiempo?

—Tengo un buen equipo, se las pueden arreglar sin mí mientras yo juego con mi hijo una hora —en calzoncillos, Santo entró en la caseta de la piscina y salió un instante después con un bañador puesto—. Podemos hacerlo —aseguró acercándose al borde del agua—. Podemos ocupar el mismo espacio y no desnudarnos el uno al otro.

Fia abrazó a Luca con más fuerza y se dirigió a la parte donde hacía pie esperando que Santo se lanzara con fuerza al agua. Pero para su sorpresa, se metió sin tirarse. Y se le debió de notar, porque Santo alzó una ceja.

–Dado que los niños detectan la tensión de los adultos, estaría bien que dejaras de mirarme como si fuera un tiburón que hubiera entrado en la piscina.

–Pensé que ibas a tirarte y no quería que Luca se asustara y le tomara miedo al agua.

–¿Eso fue lo que te pasó a ti? Me he dado cuenta de que nunca te metes en el mar.

–Mi hermano solía hacerme aguadillas muy largas.

Fia esperó a que dijera algo negativo de su familia, pero Santo se metió debajo del agua y apareció justo a su lado.

–Nadar es una cuestión de seguridad en uno mismo. Tenemos que trabajar en tu confianza. Y mientras tanto le enseñaré a Luca que el agua es divertida. Mi hermano y yo nos pasábamos horas nadando cuando éramos pequeños –tomó a Luca en brazos y le agitó suavemente en el agua, chapoteando mientras le hablaba suavemente en italiano.

Y el niño disfrutó de cada segundo, incluido el momento en que su padre le metió debajo del agua. Salió boqueando y riéndose feliz. Fia sintió una dolorosa punzada de culpabilidad.

–Lo siento –espetó.

Santo se quedó quieto sosteniendo a su hijo con firmeza.

–¿Qué sientes?

–Fue un error no decírtelo. Creí que estaba haciendo lo correcto. Quería protegerle para que no tuviera una infancia como la mía, pero ahora veo que... –se le quebró la voz–. Eres muy bueno con él. Le encanta estar contigo.

–Y eso debería ser motivo de alegría, ¿no? Entonces, ¿por qué estás tan triste?

–Porque no me lo vas a perdonar nunca –aseguró Fia con tristeza–. Siempre va a estar entre nosotros.

Santo se la quedó mirando durante un largo instante y luego apretó los labios.

–Estás hablando como una Baracchi, no como una Ferrara. Los Baracchi se agarran al pasado y se amargan por él, pero ahora eres una Ferrara y eso significa seguir adelante –se colocó el niño al hombro y la miró fijamente–. Y te advierto que, si tratas de salir de esta piscina, te lo impediré.

–¿Cómo sabes que eso es lo que quiero hacer?

–Porque puedo leer la señales. Siempre tienes un ojo puesto en la ruta de escape.

–Los dos sabemos que este es un momento tuyo y de Luca –Fia se sonrojó, deseando no haber iniciado aquella conversación–. Nunca pasas tiempo conmigo durante el día. Te levantas temprano para estar con él, vas a trabajar, estás otra vez con él y luego vienes a la cama a estar conmigo. Esa es nuestra relación. Yo soy alguien a quien solo ves en la oscuridad.

Se hizo un largo y tenso silencio. Luego Santo dejó escapar un suspiro.

–En primer lugar, me levanto temprano porque Luca también lo hace y así te dejo descansar un poco más. Trabajas muy duro. En segundo lugar, trabajo mucho porque estoy en medio de un proyecto importante, no porque te esté evitando. En tercer lugar, voy a la cama y tengo relaciones sexuales contigo porque es el único momento del día en el que nuestros caminos se cruzan. No te veo como alguien con quien me acuesto en la oscuridad, sino como mi esposa. Y, si lo que necesitas para que te demuestre que me tomo en serio esta relación es tener sexo de día, para mí no supone ningún problema.

Fia no supo qué podría haber sucedido después, porque Luca estiró los brazos hacia ella y estuvo a punto de caerse. Santo le sujetó con decisión. Entonces el niño mantuvo un brazo en el hombro de su padre y con el otro trató de agarrarse a Fia.

Aceptar el abrazo supuso acercarse a Santo. La pierna desnuda le rozó la suya. A Fia se le puso el estómago del revés.

—Necesita juguetes —soltó—. Juguetes para la piscina.

—Por supuesto —Santo clavó la mirada en la suya, consciente de que estaba tratando de cambiar de tema—. Iremos de compras esta tarde.

—Todavía tiene que dormir la siesta.

Como para demostrarlo, Luca, agotado tras una tarde tan activa, dejó caer la cabeza en el hombro de su padre y cerró los ojos.

—Le llevaré a la cama —Santo se las arregló para salir de la piscina sin despertar al niño.

Fia le vio cruzar la terraza y entonces salió del agua y se dio una ducha rápida en la caseta. Acababa de envolverse en la toalla cuando Santo apareció detrás de ella.

—Ni siquiera se ha movido. Admiro su capacidad para dormirse tan rápidamente.

Estaba tan guapo que Fia no pudo evitar quedarse mirándole.

—Bien. Bueno. Entonces yo voy a...

—Tú no vas a ninguna parte —Santo puso la boca sobre la suya y tiró de la toalla, que cayó al suelo—. Voy a demostrarte que nuestra relación no es solo sexo nocturno —murmuró con tono sensual atrayéndola hacia sí—. Vas a experimentar el sexo de día.

—Santo...

—Sexo contra la pared, en el suelo —le besó el cuello—, sexo en la ducha, en la cama... —deslizó la boca más abajo—. ¿Qué te parecería sexo en la piscina?

—Desde luego que no —Fia gimió cuando sus dedos encontraron la parte más sensible de su cuerpo—. No sería capaz de volver a mirar al servicio a la cara nunca más.

Un brillo travieso iluminó los ojos de Santo.

—Date la vuelta —le ordenó capturándole la boca con la suya—. Tengo una idea mejor. Sexo en la tumbona.

Santo la giró y la inclinó hacia delante. Fia soltó un suave gemido cuando se colocó sobre ella. Perdió el equilibrio y colocó las manos sobre la tumbona, dejando al descubierto el desnudo trasero por el movimiento. Sintiéndose tremendamente vulnerable, trató de incorporarse, pero Santo la mantuvo allí.

—No voy a hacerte daño —le dijo con dulzura—. Tú relájate y confía en mí.

—Santo... no podemos... —gimió Fia.

Pero sus dedos ya la estaban acariciando allí, seduciéndola y explorándola sin ningún pudor. Y en cuestión de segundos ella se olvidó del pudor. Cuando creyó que iba a volverse loca, sintió el calor de su virilidad contra ella y sus manos fuertes le sujetaron las caderas mientras se deslizaba profundamente en su interior. Fia gimió.

—Dios, eres deliciosa —jadeó Santo.

Ella no pudo responder. Cada embate la llevaba más y más cerca del clímax, que llegó con una oleada de calor que los atrapó a ambos a la vez. Hubiera colapsado si Santo no la hubiera estado sujetando. Salió de ella, tomó en brazos su tembloroso cuerpo y la llevó a la ducha.

—Ha sido una gran idea —dijo dejándola en el suelo y abriendo el agua—. Sexo de día. Una razón más para salir de mi despacho. A este ritmo no ganaré la apuesta.

—¿Apuesta? —todavía confundida, Fia se apartó el pelo de la cara mientras el agua caía en cascada sobre ellos—. ¿Qué apuesta?

—Que puedo convertir el Ferrara Beach Club en el

mejor hotel del grupo –Santo se puso champú en la palma de la mano y le masajeó suavemente el pelo–. Nunca lo reconoceré delante de él, pero es muy difícil seguir los pasos de mi hermano. Cuando se retiró al asiento de atrás el año pasado todo el mundo dio por hecho que yo me limitaría a sujetar las riendas sin hacer ningún cambio. Admiro y respeto a mi hermano más que a nadie, pero quiero demostrar que yo también puedo aportar algo a la empresa.

Arrullada por la caricia de sus dedos, Fia cerró los ojos.

–Eres muy competitivo.

–Sí, pero no se trata solo de eso –Santo apagó la ducha y agarró una toalla–. Cuando nuestro padre murió fue Cristiano quien se hizo cargo de todo. Yo estaba en el último año de instituto y él estudiaba en Estados Unidos. Lo dejó todo, volvió a casa y se puso al frente de la familia. El negocio de mi padre era pequeño, pero Cristiano lo llevó a una posición global. Gracias a él Dani y yo pudimos terminar nuestra educación. Sacrificó mucho por nosotros. Quiero que se sienta orgulloso de mí.

Fia echó la cabeza hacia atrás y se secó el pelo mientras recordaba a Cristiano en su boda. Alto, moreno e intimidante.

–No le caigo bien –murmuró–. No aprueba que te hayas casado conmigo.

Santo vaciló.

–No aprueba que no me dijeras que estabas embarazada, pero eso forma parte del pasado. Me protege, igual que yo a él. Fui muy duro con Laurel cuando se separaron porque yo no entendía qué estaba pasando. Lo cierto es que un hombre nunca sabe qué pasa en el matrimonio de otro.

Santo le tomó el rostro entre las manos y la besó dulcemente.

—Y hablando de matrimonio, ¿qué te parece hasta ahora el nuestro? —le preguntó en voz baja—. ¿Cómo te sientes?

¿Cómo se sentía? Se sentía algo mareada, como le ocurría siempre que le tenía cerca. Sentía un calor inesperado por dentro. Se alegraba de haberse casado con él. Y no solo por Luca.

—Me siento bien —aseguró apartándose.

—¿Bien? ¿Qué quiere decir eso? Esa palabra no me dice cómo te sientes realmente.

Le amaba. En las últimas semanas se había enamorado de él sin saber cómo.

Aquella repentina certeza fue como una espada que se le clavó en el corazón, y durante un instante no pudo respirar. Qué estupidez. Qué peligro.

Santo apretó los labios.

—El hecho de que no sepas cómo responderme me dice mucho. Eres una persona muy generosa. Te casaste conmigo porque pensaste que era lo mejor para nuestro hijo. Y debes saber que estoy decidido a que este matrimonio funcione. Quiero que seas feliz. A partir de ahora haremos más cosas juntos. No solo con Luca, sino también como pareja. Buscaré huecos durante el día, y tú también.

Santo había malinterpretado su silencio y ella lo agradecía. Lo último que deseaba era que supiera cómo se sentía.

Lo malo era que ahora Santo sentía que tenía que hacer un trabajo extra para complacerla. Había entrado en la lista de sus obligaciones. Pasar tiempo a su lado no era un placer, sino una responsabilidad. Sentía el orgullo herido.

—Estás muy ocupado —se colocó el cabello húmedo sobre un hombro—. Y yo también. Sigamos como hasta ahora. Sinceramente, me viene bien así.

–Bueno, pues a mí no. Para que este matrimonio funcione tenemos que trabajar en él.

Se había casado con ella por el bien de Luca. Quería pasar tiempo con ella por el bien de Luca. Se sentía humillada.

Fia trató de dejar a un lado sus sentimientos y trató de pensar en cómo reaccionaría si no estuviera enamorado de él.

–Claro –graznó–. Si quieres que pasemos tiempo juntos, a mí me parece estupendo.

Capítulo 8

A LA MAÑANA siguiente se despertó con un potente rayo de luz cuando Santo abrió las persianas.

–*Buongiorno* –Santo le quitó las sábanas y le tendió la bata.

Todavía medio dormida, Fia emitió un gemido de protesta y metió la cabeza debajo de la almohada.

–¿Qué hora es?

–Hora de levantarse –afirmó él–. Dijiste que nunca me veías de día y vamos a cambiar eso, dormilona.

–¡Es culpa tuya que duerma tanto! No deberías...

–¿Qué no debería? ¿Hacerle el amor a mi mujer durante casi toda la noche? –le quitó la almohada y la ayudó a incorporarse–. No puedo creer que estés de tan mal humor por las mañanas.

–¿Por qué estás aquí?

–Hoy vamos a desayunar en familia –aseguró Santo consultando el reloj–. Luego tengo que ir a una reunión inaplazable y después vamos a ir de compras.

Duchado, afeitado y vestido con traje estaba tan guapo que Fia sintió deseos de tirar de él y meterle otra vez en la cama.

–Tengo el servicio de comidas.

–Hoy no. He reorganizado tu horario. Y no te enfades conmigo –se anticipó–. Normalmente no se me ocurriría interferir en tu trabajo, pero hoy se trata de nosotros. Quiero pasar tiempo contigo.

No era cierto. Lo hacía porque creía que debía hacerlo. Solo era un punto más en su agenda. Resignada a colaborar con aquella estrategia, Fia salió de la cama.

—Necesito darme una ducha.

—Yo no puedo dármela contigo —murmuró Santo entre dientes retirándose hacia la puerta—. Me prometí a mí mismo que hoy vamos a estar todo el día fuera del dormitorio. Reúnete abajo con nosotros cuando estés lista —agarró el picaporte—. Te prepararé un café. Lo tomas con leche. Ya sé eso de ti.

—Gracias —seguramente tendría que haberle conmovido que estuviera intentándolo con tanto ahínco, pero le deprimía que para él supusiera tanto esfuerzo. Las relaciones tendrían que ser algo natural.

Cuando se reunió con ellos en la terraza, Santo se había quitado la chaqueta y estaba hablando con su hijo. Fia sintió una oleada de calor como le sucedía siempre que les veía juntos.

—*Mamma!* —a Luca se le iluminó la cara y Santo se levantó y retiró la silla para ella.

—Mamá va a desayunar con nosotros, así que vamos a portarnos lo mejor que podamos.

Fia besó a Luca y luego alzó las cejas al ver al tradicional desayuno siciliano de *brioche* y *granita*.

—¿Lo has hecho tú?

—No exactamente —una sonrisa cruzó el bello rostro de Santo mientras se sentaba—. He pedido el desayuno en el Beach Club. Quiero saber tu opinión. Estamos perdiendo a nuestros clientes por ti, y quiero que me digas la razón. ¿Es por la comida? ¿Por las vistas? Quiero saber qué estamos haciendo mal.

Fia tomó asiento a su vez.

—No sé nada sobre cómo llevar un hotel, así que no puedo ayudarte.

–Pero sabes mucho sobre comida –le pasó un plato–. He bajado la carta para que la veas.

Fia la examinó.

–Es demasiado extensa.

–*Scusi?* –Santo entornó los ojos–. Es bueno que haya muchas opciones. Significa que podemos complacer un amplio abanico de gustos.

–Está bien poder escoger, pero, si ofreces demasiadas cosas, la gente no sabe qué tipo de comida estás sirviendo. Esto es Sicilia. Sirve comida italiana con orgullo. En La Cabaña de la Playa nos apoyamos completamente en los productos de temporada. Compramos el pescado fresco directamente del barco por la mañana y las naranjas son de nuestro huerto.

–Pero nosotros tenemos mayor número de comensales, así que ese grado de flexibilidad no es siempre posible.

–Debería serlo. Lo que no cultivo yo lo consigo de los agricultores locales. Podría hablar con mis proveedores y ver si pueden suministrar más cantidad.

Santo sirvió café.

–Quiero que mires detenidamente la carta y me hagas sugerencias.

–¿No va a molestarse tu cocinero jefe?

–Lo que me preocupa es el éxito del negocio, y a la larga eso es lo que nos beneficiará a todos –le pasó la taza de café–. Enhorabuena. Acabas de ser nombrada directora chef. Supervisarás la Cabaña de la Playa y el Beach Club.

Fia se rio sin dar crédito.

–Y ahora que trabajas para mí tienes que decirme cómo mejorar los restaurantes. Prueba la comida.

Fia cortó un trozo del caliente y cremoso *brioche* y examinó la textura antes de darle un mordisco.

–Está bueno. Un poco grasiento tal vez –sintió una

profunda satisfacción porque sabía que el suyo era infinitamente superior–. Como estamos casados y me interesa que tengas éxito, compartiré mi receta secreta con tu chef.

–¿Cuándo y dónde aprendiste a cocinar? –quiso saber Santo.

–Aprendí yo sola. Cuando mi madre se marchó me quedé rodeada de hombres que esperaban que cocinara para ellos. Por suerte me encantaba. Cometí muchos errores y hubo mucha comida que terminó en la basura, pero al cabo de tiempo empecé a hacer muchas cosas bien, y cuando lo conseguía lo apuntaba. ¿Por qué me miras así?

–¿No recibiste formación?

–Por supuesto que no. ¿Cuándo hubiera podido ir a clase? –Fia sirvió leche en la taza de Luca–. Me hubiera encantado ir a la universidad, viajar y pasar tiempo con otros chefs, pero nunca tuve esa opción.

–Me sorprende que tu abuelo te dejara llevar el restaurante. Una cosa es cocinar para él y otra dirigir un negocio. Es muy tradicional.

Fia lamentó que Santo llevara puestas las gafas de sol. Sin mirarle a los ojos no podía saber qué estaba pensando.

–Mi abuela siempre tenía unas cuantas mesas al lado de la orilla. Nada elegante, pero la comida siempre era fresca. Supongo que como ella cocinaba para otros aceptó mejor que yo también lo hiciera. Pero protesta. Cree que he convertido el restaurante en un lugar de moda.

–Has tenido una vida muy difícil –afirmó él con voz pausada–. Perdiste a tus padres y luego a tu hermano, y sin embargo has conseguido mantenerte a flote. Y no solo eso, sino que además tienes un negocio floreciente, un niño feliz y un abuelo más dulce. No has repetido el patrón con el que creciste, has creado el tuyo propio.

—Escogí imitar a tu familia, no a la mía.

—Y lo has hecho sin ningún apoyo. Quiero que sepas que siento un enorme respeto por lo que has logrado. Y te debo una disculpa por haber sido tan duro contigo cuando me enteré de lo de Luca.

—No tienes por qué disculparte —murmuró ella—. Lo entiendo.

Santo se puso de pie.

—Tengo una reunión que durará al menos una hora. Luego le pediré a Gina que se lleve a Luca para que podamos estar un rato a solas.

A solas le sonaba aterrador a Fia. Significaba concentrarse mucho en no demostrar lo que sentía.

—¿Por qué no nos llevamos a Luca y salimos los tres juntos?

Santo se detuvo un instante mientras se ponía la chaqueta.

—Estaba pensando en algo más romántico.

—¿Romántico? —Fia se rio suavemente—. Te lo agradezco, pero no es necesario, de verdad.

—Sí es necesario. Aparte del traje de novia no te he comprado absolutamente nada desde que estamos juntos. Eres mi mujer. Te mereces lo mejor.

Oh, Dios, se avergonzaba de ella. ¿Cómo no se le había ocurrido antes? Estaba casada con Santo Ferrara y seguía vistiéndose como siempre lo había hecho. Dolida porque hubiera sacado el tema de aquel modo, se apresuró a asentir.

—Sí, por supuesto. Vamos de compras. Lo que quieras.

—Termina de desayunar. Te recogeré dentro de una hora. Es importante que pasemos tiempo juntos. Y en cuanto a ti —se inclinó para darle un beso a Luca—, vas a pasar el día con Gina. Pórtate bien.

Le lanzó una última mirada a Fia y salió de la terraza

en dirección al hotel. Ella se quedó mirándole con desesperación.

—Quiere pasar el día conmigo porque cree que es su obligación. Y va a comprarme ropa para que no le avergüence en público. Tu tía Dani me ha dicho que odia ir de compras, y el hecho de que esté dispuesto a hacerlo significa que le estoy avergonzando mucho.

Fia le dio a Luca otro trozo de *brioche* y dejó caer la cabeza entre las manos con gesto desesperado.

—Ese te queda de maravilla —Santo le dijo aquel cumplido en un esfuerzo más por complacerla.

Pero cuanto más la halagaba más se retiraba ella. Nunca había conocido a una mujer que mostrara tan poco entusiasmo al ir de compras, y se estrujó el cerebro tratando de pensar qué estaba haciendo mal. ¿Se sentiría desilusionada por haber dejado a Luca en casa?

—¿Te gusta este? —Fia observó con indiferencia su reflejo en el espejo.

Lo cierto era que como más le gustaba a Santo era sin nada, pero dudaba mucho que admitirlo mejorara su humor, así que observó detenidamente el vestido de seda azul y asintió.

—El color te queda muy bien. Añádelo a la pila.

Fia desapareció en el cambiador para quitárselo y volvió a salir con él en la mano.

Santo lo tomó y se lo entregó a la dependienta junto con la tarjeta de crédito.

—Ese vestido es perfecto para la fiesta familiar.

—¿Qué fiesta familiar?

—Dentro de un par de semanas es el cumpleaños de Chiara y los Ferrara nos reunimos. Cristiano adora a sus chicas, Laurel incluida. Así que te puedo asegurar que va a ser toda una celebración —Santo agarró las bolsas con una mano y la guio de regreso al Lamborghini–. Creí que te lo había comentado.

–No, no lo habías hecho –Fia se detuvo en seco en la puerta de la tienda.

Santo tuvo que abrazarla para evitar que la arrollara un grupo de compradores ansiosos. En lugar de apartarse, Fia se quedó entre sus brazos y apoyó la cabeza contra su pecho.

Santo frunció el ceño. Había algo tremendamente vulnerable en aquel gesto. Sintió una punzada de preocupación. Se dio cuenta de que era la primera vez que se tocaban así y sintió otra punzada, esta vez de preocupación, por el modo en que la había tratado. La había precipitado hacia el matrimonio sin pensar en sus sentimientos. Solo había pensado en el bienestar de su hijo, no en el de Fia. Prometió centrarse en ella a partir de aquel momento.

–Te lo pasarás bien en la fiesta. Es una oportunidad para juntarnos todos –Santo la apartó suavemente y le apartó el pelo de la cara para poder mirarla–. Chiara cumple seis años, y mi familia siempre celebra los cumpleaños por todo lo alto –sin soltarle la mano, dejó las bolsas en la parte de atrás del coche–. La fiesta será en su casa de Taormina, llegaremos allí en helicóptero.

–¿Vamos a quedarnos en casa de Laurel y Cristiano?

–¿Hay algún problema? –Santo le abrió la puerta y trató de no fijarse en sus piernas cuando se sentó en el asiento del copiloto–. Tu abuelo parece haberse recuperado muy bien y todavía tiene una enfermera de noche. Si te preocupa el resto del día, puedo arreglarlo.

–No me preocupa. Gina estará por ahí.

Pero Santo se dio cuenta de que algo la inquietaba y trató de descubrir la causa.

–¿Te agobia un poco todo el tema de la familia Ferrara?

–No. Creo que sois muy afortunados. Tenéis una familia maravillosa.

Hablaba como si no formara parte de ella. Santo aspiró con fuerza el aire mientras ella se ponía el cinturón de seguridad sin mirarle. Rodeó el coche y tomó asiento tras el volante.

–Mi familia es tu familia, cariño –aseguró arrancando el motor–. Ahora eres una Ferrara.

Fia se quedó mirando hacia delante.

–Sí. Podría hacer la tarta de cumpleaños –sugirió con inseguridad–. Pero si prefieren hacerla ellos...

–No, creo que eso les encantará –Santo condujo unos minutos antes de detenerse frente a un pequeño restaurante que había sido su favorito durante años–. Hoy vas a comer algo cocinado por otros. Este sitio es increíble. Incluso tú te quedarás impresionada.

Santo escogió una mesa tranquila en un rincón del patio bajo la sombra de una parra cargada de uvas maduras. De la cocina salía un tentador aroma a ajo y especias, y el sonido de las conversaciones se mezclaba con las voces de los cocineros.

Pidieron una selección de platos para compartir y Santo la vio probarlos. Hubo un momento en que se levantó y fue a la cocina para preguntarle algo al chef que luego apuntó en una libreta que llevaba en el bolso.

–Esto está muy bueno. Pero yo no le pondría piñones –diseccionó la comida con el tenedor para estudiar la composición–. Y seguramente añadiría menos especias porque enmascaran el sabor del pescado. Servido con una ensalada verde sería perfecto para el Beach Club. He estado pensando en ello.

–¿En la carta del Beach Club?

–Quieres atraer gente deportista. Así que deberías servir comida ligera y sana acompañada de platos de pasta que proporcionen carbohidratos sin las calorías extra de las salsas. Aumentar la oferta de verduras y pescado –Fia tomó algunas notas más.

Santo la observó pensando en que la había subestimado.

–¿Estarías dispuesta a revisar las cartas de todos los restaurantes del grupo Ferrara?

Fia se sonrojó.

–¿De verdad quieres que lo haga?

–Sin duda. Cuando construimos un hotel nuevo, Laurel supervisa el gimnasio. Nos aconseja sobre equipamiento y nos ayuda a contratar el personal adecuado.

Fia guardó la libreta y agarró el tenedor.

–¿Así es como Cristiano conoció a Laurel? ¿Trabajaba para ti?

–Era la mejor amiga de Dani en la universidad, y yo la contraté como entrenadora personal. Cristiano estaba tan impresionado que le pidió que nos ayudara en todos nuestros gimnasios. Nunca pensé que vería a Cristiano enamorarse como un loco, pero ocurrió. Cuando Laurel y él cortaron durante un tiempo se volvió una persona distinta. Fue un gran alivio para todos que volvieran. Nunca habían dejado de amarse, y fue ese amor lo que les mantuvo unidos.

Fia dejó de comer. Bajó lentamente el tenedor y lo dejó sobre el plato como si ya no pudiera seguir. La alegría parecía habérsele borrado del rostro. Santo retomó la conversación en un intento de arreglar lo que pudiera haber dicho. Tal vez había malinterpretado la historia.

–En definitiva, Cristiano no estaba dispuesto a considerar la idea de divorciarse porque la amaba demasiado.

–Eso es muy romántico –Fia estaba completamente pálida. Se reclinó hacia atrás y abandonó la pretensión de seguir comiendo–. Esto está delicioso, pero no tengo mucha hambre. Lo siento.

–No hace falta que te disculpes. Pero hace un instante estabas charlando animadamente y ahora parece que te hubiera dado una mala noticia.

Había estado bien hasta que mencionó a Cristiano. Santo sabía que había estado fría con ella en la boda y se dijo que debía comentarle a su hermano que tratara de ser más amable.

–Si ocurre algo, me gustaría que me lo dijeras.

–No pasa nada, solo estoy un poco cansada.

Si estaba cansada, era culpa suya, pensó Santo cuando salieron del restaurante. Pasaban una buena parte de la noche haciendo el amor. Pensaba que Fia disfrutaba tanto como él de la parte física de su relación, pero ahora se preguntó si para ella no sería una obligación más.

Durante las siguientes semanas Santo continuó cumpliendo con el papel de marido perfecto. La colmaba de regalos caros, la sacaba por la noche a cenar e incluso la llevó a París para que probara la comida de un restaurante que ella había mencionado. Pero cuanto más lo intentaba, peor se sentía Fia. Santo empezó a irse a la cama cada vez más tarde, y cuando finalmente se acostaba a su lado, no la tocaba.

Para ella fue la gota que colmó el vaso. Lo único bueno que tenía su matrimonio era el sexo, y al parecer Santo ya no estaba interesado siquiera en eso. Fia era consciente de que antes de casarse con ella tenía una largo historial de relaciones. Se aburría fácilmente de las mujeres y estaba claro que ya se había aburrido de acostarse con la misma.

Y si aquella parte se acababa, ¿qué les quedaba? Ningún Ferrara podría aguantar un matrimonio sin sexo. Tomaría una amante, y eso sería más difícil de soportar para ella que nada. La falta de sexo y las implicaciones que eso encerraba le quitaba más el sueño que el exceso de sexo, y Fia estaba cada vez más cansada.

Durante el día se dedicaba a trabajar. Pasó un tiempo en el Beach Club haciendo algunas sugerencias para aumentar la popularidad del restaurante. Puso más mesas fuera y cambió la carta. Cuando Santo le dijo que las reservas habían aumentado el doble se sintió feliz, porque lo que más deseaba era complacerle.

Solo se relajaba con Luca, y aun así solo si Santo estaba demasiado ocupado para unirse a ellos. Pero el cumpleaños de Chiara se cernía sobre ella y no había manera de evitar la reunión de la familia Ferrara. Fia sabía que ver a Cristiano y a Laurel juntos pondría de manifiesto las fisuras de su propio matrimonio. Cristiano y Laurel estaban unidos por el amor. Santo y ella estaban unidos por Luca.

El plan era que después de la fiesta los adultos salieran a cenar. Fia trató de calmarse diciéndose que aquella sería una buena oportunidad para conocer a su familia. Y una excusa para añadir algo de glamour a su existencia. Consciente de que se pasaba la vida vestida con el delantal del chef, decidió que aquella sería la oportunidad perfecta para ponerse alguno de los vestidos que Santo se había empeñado en comprarle. Trató de recordar cuál era el que más entusiasmo había despertado en él y al final se decidió por el vestido de seda azul.

Cuando se lo puso le pareció que le quedaba tan bien que se le subió el ánimo. Tal vez las cosas no fueran tan mal como ella pensaba. No existía ningún matrimonio perfecto, ¿verdad?

Para emoción de Luca, fueron volando en helicóptero y aterrizaron en el jardín del lujoso *palazzo* de Cristiano situado en las colinas de la hermosa ciudad de Taormina. Desde allí se divisaba el monte Etna, y a sus pies el cristalino Mediterráneo.

—Este es el lugar favorito de Laurel —Santo la urgió hacia la terraza llevando con cuidado la caja que contenía la tarta que había hecho Fia—. Tuvo una infancia difícil, fue entregada en adopción y nunca tuvo un hogar propio. Cristiano le regaló esta casa de sorpresa.

Fia se preguntó qué se sentiría al ser amada de ese modo. Cuando doblaron la esquina se sintió amenazada por la cantidad de gente que había.

—¿Quién son todas estas personas?

Santo escudriñó los rostros.

—El hombre que está al lado del árbol es mi tío, y la de al lado es su esposa. Las dos chicas que están en la piscina son mis primas, trabajan en la sección de marketing de la empresa.

La lista era interminable, incluidos los hijos de los primos y los amigos. Fia volvió a pensar en lo diferentes que eran sus vidas.

—¡Fia! —tan delgada y en forma como siempre, Laurel se acercó y le dio un beso en las mejillas—. Bienvenida. ¿Verdad que hace mucho calor? Chiara está un poco abrumada. Estoy empezando a pensar que tendría que haber hecho algo más íntimo.

—¿Conocen los Ferrara ese concepto?

Laurel se rio.

—Bien dicho. ¿A ti también te resulta abrumadora esta familia? A mí desde luego me lo parecía. Pero te acabas acostumbrando.

La diferencia estaba en que Laurel tenía un marido que la adoraba.

—He traído la tarta. Espero que te guste —sintiéndose ridículamente nerviosa, Fia levantó la tapa de la caja.

Laurel contuvo el aliento al ver la tarta.

–¡Dios mío, es perfecta! Un castillo de hadas –exclamó maravillada–. ¿Cómo lo has hecho?

–He utilizado la foto que me mandaste de su juguete favorito.

–Las hadas tienen incluso alas y varitas mágicas –Laurel estaba asombrada–. Es increíble.

–Voy a dejarla sobre la mesa, no quiero ser el causante de que se rompa –aseguró Santo colocándola en el centro.

Chiara vio la tarta a lo lejos y se le abrieron los ojos de par en par. Fue su hermana Elena la que la arrastró por la terraza hacia ellos.

–Este es su segundo cumpleaños con nosotros –murmuró Laurel–. Antes no sabía siquiera lo que era un cumpleaños, así que, si no dice o hace lo correcto, por favor, discúlpala.

A Fia se le llenaron los ojos de lágrimas y las contuvo, pero no antes de que Laurel se diera cuenta.

–Lo siento –dijo avergonzada–. No sé que me pasa últimamente. Creo que no duermo lo suficiente.

–No te disculpes. Yo lloro con frecuencia cuando pienso en lo solitaria que era su vida antes de la adopción.

Chiara le dio las gracias tímidamente por la tarta, pero el verdadero premio para Fia fue la expresión de su rostro mientras examinaba cada detalle.

Cristiano se acercó a ellos y subió a sus hijas en alto, una en cada brazo.

–¿Cuál de las dos celebra su cumpleaños?

Abrazándose con fuerza al hombre que ahora era su padre, Chiara se sonrojó.

–Yo.

–Entonces ve a saludar a tus invitados, señorita. Y luego cortaremos esta fantástica tarta –sonrió a Fia con afecto sincero–. Bienvenida. Y gracias por esta espectacular tarta. Es todo un detalle por tu parte haberle hecho algo tan especial.

Fue una tarde bulliciosa y feliz, y cuando llegó la hora de acostarse Luca decidió dormir en la misma habitación que Chiara, Elena y Rosa.

Laurel puso los ojos en blanco sin dar crédito.

—Lo siento mucho. ¿Te parece bien a ti? Tenemos diez habitaciones. No me preguntes por qué prefieren estar todos apretados en una.

—Creo que es fantástico —Fia pensó en lo sola que estaba ella de niña. Habría dado cualquier cosa por dormir en una habitación bonita con tres primas bulliciosas.

—¿De verdad? Yo también lo creo. Y no tienes de qué preocuparte, porque la tía de Cristiano se va a quedar a dormir y ha prometido vigilarles —Laurel miró a los niños con seriedad—. Tenéis que dormiros rápido, nada de tonterías.

Tras pronunciar aquella orden, salieron de la estancia y Fia la miró de reojo.

—Se van a pasar la noche despiertos.

—Tienes razón. Pero lo bueno es que entonces se levantarán tarde. Y ahora tenemos que arreglarnos. El restaurante que ha escogido Cristiano es muy elegante. Todos estamos deseando escuchar tu opinión sobre la comida, aunque no creo que pueda comer nada después de tanta tarta. Es la mejor que he probado en mi vida.

Fia se sonrojó. Y pensó que ya era una de ellas. Era una Ferrara.

Tal vez su matrimonio no fuera perfecto, pero todavía estaban empezando y Santo estaba esforzándose mucho. En lugar de desear tener algo más debía aprovechar al máximo lo que tenía. Debía intentarlo. Y lo primero era recuperar su vida sexual. Al principio la encontraba irresistible. Dependía de ella reavivar aquella parte de su relación.

Santo estaba en la terraza tomando una copa con Cristiano y con Raimondo, el marido de Dani, así que Fia podía tomarse su tiempo para arreglarse.

El vestido de seda azul se le ajustaba a las curvas y dejaba al descubierto sus largas piernas. Tal vez no estuviera tan tonificada como Laurel, pensó mirándose al espejo, pero no tenía mala figura.

Se puso los tacones, agarró el bolso y aspiró con fuerza el aire. Nunca en toda su relación había intentado seducir a Santo. Esta iba a ser la primera vez.

Llamaron a la puerta con los nudillos, abrieron y aparecieron Laurel y Dani.

—Oh, mi pobre hermano —dijo Dani ladeando la cabeza y observándola—. No tiene ninguna posibilidad.

Con aquel piropo resonándole en los oídos, Fia se unió a ellas y las tres mujeres se dirigieron a la terraza.

Santo le estaba dando la espalda. Ella sintió un nudo en el estómago mientras se le quedaba mirando los anchos hombros.

Cristiano las vio primero y al instante interrumpió la conversación para saludarlas. Aunque fue muy amable con las tres, solo tenía ojos para su mujer y Fia sintió una punzada de envidia. Dani se plantó delante de Raimondo y esperó a que le dijera algo mientras Santo se giraba hacia Fia. Estaba tan guapo que contuvo la respiración. Y se dio cuenta de que aquellos ojos oscuros suyos tan sensuales parecían cansados. Él tampoco estaba durmiendo bien.

—¿Verdad que está impresionante? —Dani le dio un codazo a su hermano—. Deberías decirle algo. Por ejemplo: «Vamos a olvidarnos de la cena y subamos directamente a la habitación».

Santo se giró para mirarla.

—Hablas demasiado —le espetó.

Su hermana dio un paso atrás, visiblemente dolida por el inesperado ataque.

Cristiano observó la escena con ojos entornados. Primero miró a su hermano y luego a Fia, que solo quería que se la tragase la tierra.

Pues sí que empezaba bien la seducción. Estaba claro que él no tenía ningún interés.

—Tenemos que irnos —se apresuró a decir Laurel—. La limusina nos está esperando. Y Fia, me tienes que enseñar a cocinar *arancine*. A Cristiano le encanta y cada vez que intento prepararlo me sale fatal. Seguro que su madre todavía no entiende por qué se casó conmigo.

Porque la quería, pensó Fia. Y el amor llenaba todas las grietas como el agua de lluvia al caer sobre la tierra seca. Ella no tenía algo parecido y las grietas de su propio matrimonio se hacían más grandes.

Dani la tomó del brazo mientras caminaban.

—No sé qué le pasa a Santo —gruñó—. ¡Hombres! Por eso las mujeres tienen que tener amigas. Hablemos de cosas importantes. Tengo una fiesta la semana que viene y no sé qué barniz de uñas ponerme...

Siguió charlando, y Fia agradeció el cambio de tema y el monólogo incesante que no requería de su intervención.

La velada fue un éxito gracias a los esfuerzos de los demás, pero en cierto modo aquellos esfuerzos provocaron que Fia fuera todavía más consciente de las grietas.

A pesar del tiempo que había invertido en arreglarse, Santo apenas la miró. Decidió hablar de negocios con su hermano y su cuñado mientras Fia se sentía invisible. Si no conseguía ya atraer su atención, entonces todo había terminado.

Aunque Santo hubiera dicho que el matrimonio era

para siempre, no había forma de que un hombre como él estuviera con una mujer que ya no le atraía.

Iba a ser el primer Ferrara de la historia en divorciarse.

Capítulo 9

SIENTO que el fin de semana haya sido tan agotador —Santo se mostró educado y formal cuando llegaron a casa al día siguiente.

—No hay nada que sentir. Tu familia es maravillosa y para Luca ha sido un regalo pasar tiempo con sus primas —mantuvo la voz alegre por el bien del niño.

Cuando sonó el teléfono de Santo estuvo a punto de gemir de alivio, una sensación que se intensificó cuando le dijo que tenía que irse directamente a la oficina del hotel y trabajar unas horas. Notó cierto recelo en su actitud, pero se dijo que no importaba. Aunque estuviera mintiendo sobre lo del trabajo y fuera a ver a una mujer, resultaba irrelevante.

Al ver que Fia no contestaba, Santo suspiró.

—Puede que llegue tarde. No me esperes despierta.

Por supuesto que no lo haría. Ya le había dejado claro que no la deseaba.

—No hay problema —se apresuró a decir—. Luca y yo nos daremos un baño en la piscina y nos acostaremos pronto.

Santo apretó los labios y se dispuso a marcharse, pero de pronto pareció cambiar de opinión. Se dio la vuelta y la miró con incertidumbre.

—Fia...

Iba a decirle que lo suyo no funcionaba, que quería el divorcio. Pero ella no estaba preparada para escucharlo.

–No hagas eso, Luca –utilizando a su hijo como excusa, cruzó la terraza y le quitó al niño un juguete que no ofrecía ningún peligro.

–Papá se ha ido –dijo el niño unos segundos después mirando detrás de ella.

–Lo sé –susurró ella abrazándole–. Y lo siento.

Consiguió sobrevivir al resto del día. Luca y ella pasaron un rato con su abuelo y luego Gina se lo llevó otra vez a la villa mientras ella trabajaba hasta tarde en La Cabaña de la Playa. Consciente de que lo único que la esperaba en casa era una cama grande y vacía, no tenía prisa en volver a la villa. Así que decidió hacer algo que no había hecho desde hacía años, desde la noche en que concibieron a Lucas.

Fue a la cabaña de pescadores.

Se dirigió a ella por la franja de playa privada que pertenecía a los Ferrara. Cuando era niña se hubiera sentido culpable, pero ahora se dio cuenta de que estaba caminando por su propia tierra.

La puerta principal se abría directamente al mar, y había un acceso lateral desde tierra. Fia siempre se había colado por la ventana, pero esta vez se detuvo con la mano en la puerta, preguntándose si no sería peor visitar aquel lugar que albergaba tantos recuerdos.

La luna iluminaba tenuemente el calmado mar, proporcionando suficiente luz para que Fia supiera lo que estaba haciendo.

Se le ocurrió que podría haber llevado una linterna, pero pensó que no la necesitaría para ver una pila de tablones arrumbados.

La cabaña de pescadores llevaba tanto tiempo en estado de abandono que siempre había peligro de lesión, pero cuando abrió la puerta notó que se abría suavemente. Sin crujidos. Entró en silencio. En el pasado, su rutina consistía sencillamente en sentarse sobre las cajas que había apiladas en la puerta y quedarse mirando al mar.

Tocó algo suave con el pie y frunció el ceño. ¿Aceite? ¿Algún tipo de tela? Estaba a punto de agacharse para investigar cuando el lugar se iluminó de pronto. Sorprendida al comprobar que ahora había electricidad en la cabaña, alzó la vista y vio cientos de pequeñas lucecitas en las paredes. Maravillada, se preguntó qué significaba todo aquello cuando escuchó un sonido a su espalda. Se giró rápidamente y vio a Santo allí de pie.

—Se suponía que no tenías que haber llegado todavía —metió los pulgares en las trabillas de los vaqueros. Estaba más guapo que nunca—. Aún no he terminado.

¿Terminado? Fia miró a su alrededor confundida y vio los cambios por primera vez.

El lugar se había transformado. Los listones de madera estaban lijados y pulidos. En una esquina había una estufa de aceite lista para proporcionar calor para las noches de frío invierno, y en otra esquina había un sofá cubierto de cojines y una alfombra a sus pies.

Era el lugar más acogedor que había visto en su vida. Las lucecitas de las paredes hacían que pareciera una cueva mágica.

Dio un paso hacia delante y volvió a sentir la suavidad bajo los pies. Bajó la vista y vio los pétalos de rosa. Pétalos de rosa que formaban una alfombra roja que se dirigía no hacia la cama, sino hacia una mesita. En la mesa había una caja pequeña y bonita. Fia la miró y luego dirigió la vista hacia Santo. El corazón le latía con fuerza.

—Ábrela —él no se había movido del umbral. Tenía una expresión cauta en los ojos, como si no estuviera muy seguro de cómo iba a tomárselo.

—¿Tú has hecho todo esto? —preguntó Fia girando sobre sí misma.

–Sé que no eres feliz, y también sé que cuando estás triste necesitas ir a algún sitio a estar sola. Preferiría que no tuvieras que escapar de mí, pero, si lo haces, entonces quiero que estés cómoda.

A Fia se le llenaron los ojos de lágrimas.

–Nuestro matrimonio no funciona.

–Lo sé. Y supongo que no es extraño dadas las circunstancias –aseguró con voz indecisa–. Tengo tantas cosas por las que disculparme que no sé por dónde empezar.

No era la respuesta que ella esperaba.

–Podrías empezar diciéndome por qué hay pétalos de rosa por todas partes.

Santo se pasó la mano por la nuca.

–Todavía me avergüenza recordar nuestra noche de boda. Nunca podré olvidar la imagen de verte de rodillas recogiendo los pétalos que yo había encargado de forma tan inconsciente. Herí tus sentimientos.

–Pensé que era una burla de nuestra relación. No era algo romántico. Nunca ha sido algo romántico –se le formó un nudo en la garganta–. Esos pétalos de rosa...

–Fueron una manipulación por mi parte, lo admito. Pero estaba manipulando a la gente de nuestro alrededor, no burlándome de ti. Estos los he colocado yo mismo.

–¿Y por qué lo has hecho? –Fia seguía sin entenderlo.

–Estaba intentando hacerte feliz. Quería verte sonreír –afirmó él alzando las manos en gesto de desesperación–. ¿Qué tengo que hacer?

Fia sintió que las lágrimas le escocían los ojos, pero esta vez no pudo contenerlas y le resbalaron por las mejillas.

Santo maldijo entre dientes y la estrechó entre sus brazos con tanta fuerza que se quedó sin respiración.

–Dios mío, nunca te había visto llorar. Si los pétalos te van a entristecer tanto, los quitaré. Por favor, no llores. Estoy intentando con todas mis fuerzas complacerte, pero sigo sin conseguirlo. Dime qué tengo que hacer y lo haré.

Fia sintió cómo le aumentaba la tensión en el pecho.

–Te lo agradezco, de verdad, pero no tienes que esforzarte tanto. Es muy humillante cuando sé que nos dirigimos de cabeza al divorcio.

Santo palideció.

–¿Un divorcio? ¡No! No accederé a divorciarme, pero haré cualquier otra cosa que me pidas. Sé que no me quieres, pero eso no significa que no podamos ser felices.

–¡No soy yo la que quiere divorciarse, eres tú! Y sí te quiero, ese es el problema –las palabras salieron de su boca como olas rompiendo contra las rocas, erosionando las barreras que había construido entre ellos–. Creo que siempre te he querido. Una parte de mí se enamoró al verte enseñar a nadar a tu hermana. Eras muy paciente con ella. Yo soñaba con que Roberto hiciera lo mismo por mí, pero él solo me hacía aguadillas. Te amé cuando me dejaste utilizar la cabaña de pescadores sin decírselo a nadie. Y te seguía amando cuando hicimos el amor –los sollozos la hacían sonar casi incoherente–. Y te amaba cuando me casé contigo. Siempre te he amado.

Durante un instante no se escuchó nada más que la agitada respiración de Santo y el suave chocar de las olas contra la madera de la cabaña.

–¿Me amas? Pero... te obligué a casarte conmigo –murmuró con tono dubitativo–. ¿No estás diciendo esto por el bien de Luca?

–Ojalá fuera así, porque entonces no resultaría tan duro.

–¿Por qué es duro?

–Porque es duro amar a alguien que no te ama.

Santo maldijo entre dientes y le sostuvo el rostro entre las manos.

–¿Crees que no te amo? ¿No has visto cómo me he volcado estas últimas semanas en complacerte?

–Sí. Te has esforzado mucho, y eso ha sido lo más doloroso.

–Eso no tiene ningún sentido –gruñó Santo con impaciencia.

–No te salía de forma natural. Lo has hecho por Luca.

Santo dejó caer los brazos a los costados y se la quedó mirando fijamente.

–Está claro que no nos hemos entendido. No tenía ni idea de que me amaras. Y está claro que tú no sabes cuánto te amo yo.

Fia se le quedó mirando y el corazón se le puso al galope. La esperanza renació cuando Santo le pasó las manos por el pelo y le tomó la boca en un beso lento y erótico.

–¿Cómo has podido pensar que quería divorciarme? –murmuró él apartando la boca de la suya a regañadientes.

–Dejamos de tener relaciones sexuales.

–Me di cuenta de que te obligué a casarte conmigo. Y luego hiciste aquellos comentarios sobre que era insaciable...

–Me gusta que seas insaciable –murmuró Fia–. Cuando dejaste de serlo di por hecho que te habías aburrido de mí, así que escogí un vestido especialmente sexy anoche. Pero tú ni siquiera me miraste.

–¿Y por qué crees que no lo hice? Soy un hombre muy disciplinado en muchos aspectos, pero he descubierto que en lo que a ti se refiere no me puedo controlar –afirmó con tono descarnado–. Me prometí a mí mismo que no haría el primer movimiento. Que iba a dejar que tú vinieras a mí. Pero no lo hiciste.

—Creí que no me deseabas.

Santo gimió y la atrajo hacia sí.

—Los dos hemos sido unos estúpidos. Vamos a empezar de nuevo ahora mismo.

Fia cerró los ojos durante un instante. Se sentía tan aliviada que no podía hablar.

—¿De verdad me amas? ¿Esto no tiene nada que ver con Luca?

—No —murmuró Santo contra su boca—. Tiene que ver contigo y conmigo, pero lo he hecho todo mal y ahora no consigo que me creas. Te amo, Fia. Y aunque no estuviera Luca te seguiría amando.

—Si no estuviera Luca, no nos habríamos vuelto a encontrar.

—Claro que sí —Santo levantó la mano y le acarició la barbilla con un dedo—. Ni siquiera sabía que existía Luca cuando volví. La química entre nosotros es tan poderosa que habríamos terminado juntos tarde o temprano y tú lo sabes —pasó por delante de ella y agarró la caja que estaba en el centro de la mesa.

—¿Qué es eso? —jadeó Fia.

Santo la abrió.

Fia se mareó al ver el tamaño del diamante.

—Ya te has declarado, Santo. Nos hemos casado. Tengo el anillo.

—Lo que tienes es una alianza de boda. Y, si no recuerdo mal, te obligué a casarte conmigo. Ahora te estoy pidiendo que sigas casada conmigo. Siempre. Pase lo que pase en la vida, quiero tenerte a mi lado —aspiró con fuerza el aire—. Dime la verdad, ¿quieres que te deje ir?

Fia sintió una oleada de calor que disipó todas sus dudas.

–Nunca. Saber lo comprometido que estás con la familia me hace sentir segura –admitió–. Sé que pase lo que pase lo superaremos.

–Te amo con toda mi alma –jadeó él–. Y siento haber metido tanto la pata –le puso el anillo en el dedo, por encima de la banda de oro que le había dado el día de la boda.

Fia se quedó mirando maravillada el gigantesco diamante.

–Tendré que llevar seguridad las veinticuatro horas del día.

–Teniendo en cuenta que no pienso apartarme de tu lado, eso no supondrá ningún problema. Yo seré tu guardia de seguridad personal.

Abrumada, Fia le rodeó con sus brazos.

–No puedo creer que me ames.

–¿Por qué? Eres la mujer más fuerte y generosa que he conocido en mi vida. No puedo ni imaginar lo que debió de ser para ti descubrir que estabas embarazada en un momento en el que todo tu mundo se estaba viniendo abajo. Si pudiera volver atrás en el tiempo, lo haría y nunca te dejaría sola.

–Hiciste lo correcto –dijo suavemente mirando otra vez el anillo–. Si hubieras regresado aquella noche, solo habría servido para angustiar más a mi abuelo. Fuiste muy sensato.

–Pero significó que estuvieras sola. No te culpo por no haberme contado lo de Luca. Tu infancia fue muy distinta a la mía y sin embargo no repetiste el mismo patrón –le deslizó los dedos por el pelo–. Cuando me dijiste que le habías prohibido a tu abuelo hablar mal de los Ferrara no me lo podía creer.

–Aunque para él fue un shock enterarse de que estaba embarazada, creo que le dio una razón para vivir.

–Te casaste conmigo creyendo que no te amaba. Eso debió de ser muy duro para ti –la apartó de sí.

Fia se sonrojó.

–Puede que un poco. ¿Sabes lo más extraño de todo? Siempre había querido ser una Ferrara. Toda mi vida he deseado formar parte de tu familia.

–Ya eres uno de los nuestros –le sostuvo la cara con las manos y le brillaron los ojos–. Y una vez que estás en la familia, lo estás para siempre.

Fia sonrió y le rodeó el cuello con los brazos.

–Cuando te casas con un Ferrara...

–... te casas para siempre –Santo inclinó la cabeza y la besó.

Bianca

¿Podrían ella y el hijo que esperaba ser la clave de su redención?

REDIMIDOS
POR EL AMOR

Kate Hewitt

La finca en una isla griega del magnate Alex Santos, que tenía el rostro gravemente desfigurado, era una fortaleza que protegía a los de fuera de la oscuridad que había en el interior de él. Cuando necesitó una esposa para asegurar sus negocios, la discreta y compasiva Milly, su ama de llaves, accedió a su proposición matrimonial. Pero la noche de bodas provocó un fuego inesperado, cuyas consecuencias obligaron a Alex a enfrentarse a su doloroso pasado.

Acepte 2 de nuestras mejores novelas de amor GRATIS

¡Y reciba un regalo sorpresa!

Oferta especial de tiempo limitado

Rellene el cupón y envíelo a
Harlequin Reader Service®
3010 Walden Ave.
P.O. Box 1867
Buffalo, N.Y. 14240-1867

¡Si! Por favor, envíenme 2 novelas de amor de Harlequin (1 Bianca® y 1 Deseo®) gratis, más el regalo sorpresa. Luego remítanme 4 novelas nuevas todos los meses, las cuales recibiré mucho antes de que aparezcan en librerías, y factúrenme al bajo precio de $3,24 cada una, más $0,25 por envío e impuesto de ventas, si corresponde*. Este es el precio total, y es un ahorro de casi el 20% sobre el precio de portada. !Una oferta excelente! Entiendo que el hecho de aceptar estos libros y el regalo no me obliga en forma alguna a la compra de libros adicionales. Y también que puedo devolver cualquier envío y cancelar en cualquier momento. Aún si decido no comprar ningún otro libro de Harlequin, los 2 libros gratis y el regalo sorpresa son míos para siempre.

416 LBN DU7N

Nombre y apellido	(Por favor, letra de molde)

Dirección	Apartamento No.

Ciudad	Estado	Zona postal

Esta oferta se limita a un pedido por hogar y no está disponible para los subscriptores actuales de Deseo® y Bianca®.
*Los términos y precios quedan sujetos a cambios sin aviso previo.
Impuestos de ventas aplican en N.Y.

SPN-03

DESEO

Estás esperando un hijo mío. Serás mi mujer.

Y llegaste tú...

JANICE MAYNARD

Durante dos maravillosas semanas, Cate Everett compartió cama con Brody Stewart, un hombre al que acababa de conocer y al que no esperaba volver a ver. Cuatro meses después, el seductor escocés volvió al pueblo con la solución al problema de Cate, quien estaba embarazada de él.

Pero Cate tenía un dilema: si se convertía en la esposa de Brody, ¿estaría viviendo una farsa sin amor o Brody incluiría su corazón en el trato?

Bianca

La extraordinaria proposición del italiano: «Cásate conmigo o lo perderás todo».

UNA UNIÓN TEMPORAL

Melanie Milburne

A Isabella Byrne se le acababa el tiempo. Disponía de veinticuatro horas para casarse. Si no lo conseguía, perdería su herencia. El protegido del padre de Isabella, Andrea Vaccaro, magnate hotelero, sabía que ella no podía rechazar la propuesta de una unión temporal.

Iban a firmar el contrato aquella noche, con una boda. Pero, teniendo en cuenta su mutua atracción, ¿podía Isabella correr el riesgo de acostarse con él?